CONTOS DO NASCER DA TERRA

Obras do autor na Companhia das Letras

Antes de nascer o mundo
Cada homem é uma raça
A confissão da leoa
Contos do nascer da Terra
E se Obama fosse africano?
Estórias abensonhadas
O fio das missangas
O gato e o escuro
A menina sem palavra
Mulheres de cinzas
Na berma de nenhuma estrada
O outro pé da sereia
Poemas escolhidos
Um rio chamado Tempo, uma casa chamada Terra
Sombras da água
Terra sonâmbula
O último voo do flamingo
A varanda do frangipani
Venenos de Deus, remédios do Diabo
Vozes anoitecidas

MIA COUTO

Contos do nascer da Terra

3ª reimpressão

Copyright © 2009 by Mia Couto e Editorial Caminho SA, Lisboa

A editora manteve a grafia vigente em Moçambique, observando as regras do Acordo Ortográfico da Língua Portuguesa de 1990.

Capa
Alceu Chiesorin Nunes

Ilustração de capa
Angelo Ubu

Revisão
Ana Maria Barbosa

Dados Internacionais de Catalogação na Publicação (CIP)
(Câmara Brasileira do Livro, SP, Brasil)

Couto, Mia
  Contos do nascer da Terra / Mia Couto — 1ª ed. — São Paulo : Companhia das Letras, 2014.

  ISBN 978-85-359-2886-0

  1. Contos moçambicanos (Português) I. Título.

14-03264 CDD-m869.3

Índice para catálogo sistemático:
1. Contos : Literatura moçambicana em português   869.3

[2017]
Todos os direitos desta edição reservados à
EDITORA SCHWARCZ S.A.
Rua Bandeira Paulista, 702, cj. 32
04532-002 — São Paulo — SP
Telefone: (11) 3707-3500
www.companhiadasletras.com.br
www.blogdacompanhia.com.br
facebook.com/companhiadasletras
instagram.com/companhiadasletras
twitter.com/cialetras

Não é da luz do sol que carecemos. Milenarmente a grande estrela iluminou a terra e, afinal, nós pouco aprendemos a ver. O mundo necessita ser visto sob outra luz: a luz do luar, essa claridade que cai com respeito e delicadeza. Só o luar revela o lado feminino dos seres. Só a lua revela intimidade da nossa morada terrestre.

Necessitamos não do nascer do Sol. Carecemos do nascer da Terra.

Sumário

O não desaparecimento de Maria Sombrinha 9
A viagem da cozinheira lagrimosa (*) 15
A última chuva do prisioneiro 23
A gorda indiana 31
A menina, as aves e o sangue 39
A filha da solidão 45
Lágrimas para irmãos siameses (*) 53
O último voo do tucano 61
A luavezinha (primeira estória para a Rita) 69
Velho com jardim nas traseiras do tempo 75
O viúvo 81
A menina sem palavra
  (segunda estória para a Rita) 89
O derradeiro eclipse 95
A carteira de crocodilo 103
Falas do velho tuga 109
Governados pelos mortos
  (fala com um descamponês) 119
O indiano dos ovos de ouro 125
O baralho erótico 133
A casa marinha 141

Os negros olhos de Vivalma	149
Gaiola de moscas (*)	155
O homem da rua	165
O general infanciado	173
Rungo Alberto ao dispor da fantasia	181
O despertar de Jaimão	187
Raízes (*)	195
O fintabolista	201
A viúva nacional	209
A sentença do fogo (*)	217
Miudádivas, pensatempos	227
O chão, o colchão e a colchoa	233
A palmeira de Nguézi (*)	241
Cataratas do céu	249
Ossos	255
O coração do menino e o menino do coração	261
Glossário	267

Nota: A maior parte dos contos deste livro foi publicada em jornais e revistas desde inícios do ano de 1996 e o corrente ano. Contudo, o autor alterou a quase totalidade desses textos. E acrescentou uma dezena de histórias inéditas (assinaladas com asterisco), alicerçadas no quotidiano desse país que, para além de uma língua comum, exibe uma identidade bem própria no domínio da cultura e da criatividade literária.

O não desaparecimento
de Maria Sombrinha

Afinal, quantos lados tem o mundo no parecer dos olhos do camaleão?

Já muita coisa foi vista neste mundo. Mas nunca se encontrou nada mais triste que caixão pequenino. Pense-se, antemanualmente, que esta estória arrisca conter morte de criança. Veremos a verdade dessa tristeza. Como diz o camaleão — em frente para apanhar o que ficou para trás.
Deu-se o caso numa família pobre, tão pobre que nem tinha doenças. Dessas em que se morre mesmo saudável. Não sendo pois espantável que esta narração acabe em luto. Em todo o mundo, os pobres têm essa estranha mania de morrerem muito. Um do mistérios dos lares famintos é falecerem tantos parentes e a família aumentar cada vez mais. Adiante, diria o camaleonino réptil.
A família de Maria Sombrinha vivia em tais misérias, que nem queria saber de dinheiro. A moeda é o grão de areia esfluindo entre os dedos? Pois, ali, nem dedos. Tudo começou com o pai de Sombrinha. Ele se sentou,

uma noite, à cabeceira da mesa. Fez as rezas e olhou o tampo vazio.
— Eh pá, esta mesa está a diminuir!
Os outros, em silêncio, balancearam a cabeça, em hipótese.
— Vocês não estão a ver? Qualquer dia não temos onde comer.
Ao se preparar para dormir, apontou o leito e chamou a mulher:
— Esta cama cada dia está mais pequena. Um dia desses não tenho onde deitar.
Debateram o assunto, timidamente, com o pai. Sugeriram que a razão pudesse ser inversa: o mundo é que estava a aumentar, encurralando a aldeiazinha. Fosse o caso dessa suposição, a aldeia estaria metida em vara de sete camisas. Mas o velho não arredou ideia. Casmurrou contra argumento alheio, ancorado na teima dele.
Por fim, sua visão minguante aconteceu com Sombrinha. Ele via o tamanho dela se acanhar, mais e mais pequenita. E se queixava, pressentimental:
— Esta menina está-se a enxugar no poente...
Todos se riam. O pai cada vez piorava. Face ao riso, o homem se remeteu à ausência. Se transferiu para as traseiras, se anichou entre desperdício e desembrulhos. A filha ainda solicitou comparência do mais velho.
— Deixe o seu pai. Lá onde está, ele não está em lugar nenhum.
Valia a pena sombrear a miúda, minhocar-lhe o juízo? Mas Sombrinha não deixou de rimar com a alegria.

Afinal, era ainda menos que adolescente, dada somente a brincriações. Sendo ainda tão menina, contudo, um certo dia ela se barrigou, carregada de outrem. Noutros termos: ela se apresentou grávida. Nove meses depois se estreava a mãe. Sem ter idade para ser filha como podia desempenhar maternidades? A criancinha nasceu, de simples escorregão, tão minusculinha que era. A menina pesava tão nada que a mãe se esquecia dela em todo o lado. Ficava em qualquer canto sem queixa nem choro.

— *Essa menina só para quieta!* — queixava-se Sombrinha.

Deram o nome à menininha: Maria Brisa. Que ela nem vento lembrava, simples aragem. Dona mãe ralhava, mas sem nunca fechar riso, tudo em disposições. Até que certa vez repararam em Maria Brisa. Porque a barriguinha dela crescia, parecia uma lua em estação cheia. Sombrinha ainda devaneou. Deveria ser um vazio mal digerido. Gases crescentes, arrotos tontos. Mas depois, os seios lhe incharam. E concluíram, em tremente arrepiação: a recém-nascida estava grávida! E, de facto, nem tardaram os nove meses. Maria Brisa dava à luz e Maria Sombrinha ascendia a mãe e avó quase em mesma ocasião. Sombrinha passou a tratar de igual seus rebentinhos — a filha e a filha da filha. Uma pendendo em cada pequenino seio.

A família deu conta, então, do que o pai antes anunciara: Sombrinha, afinal das contas, sempre se confirmava regredindo. De dia para dia ela ia ficando sempre menorzita. Não havia que iludir — as roupas iam sobrando, o leito ia crescendo. Até que ficou do mesmo tamanho da filha. Mas não se quedou por ali. Continuou definhando a pontos de competir com a neta.

Os parentes acreditaram que ela já chegara ao mínimo mas, afinal, ainda continuava a reduzir-se. Até que ficou do tamanho de uma unha negra. A mãe, as primas, as tias a procuravam, agulha em capinzal. Encontravam-na em meio de um anónimo buraco e lhe deixavam cair uma gotícula de leite.

— *Não deite de mais que ainda ela se afoga!*

Até que, um dia, a menina se extingiu, em idimensão. Sombrinha era incontemplável a vistas nuas. Choraram os familiares, sem conformidade. Como iriam ficar as duas orfãzinhas, ainda na gengivação de leite? A mãe ordenou que se fosse ao quintal e se trouxesse o esquecido pai. O velho entrou sem entender o motivo do chamamento. Mas, assim que passou a porta, ele olhou o nada e chamou, em encantado riso:

— *Sombrinha, que faz você nessa poeirinha?*

E depois pegou numa imperceptível luzinha e suspendeu-a no vazio dos braços. *Venha que eu vou cuidar de si,* murmurou enquanto regressava para o quintal da casa, nas traseiras da vida.

A viagem
da cozinheira lagrimosa

Antunes Correia e Correia, sargento colonial em tempo de guerra. Se o nome era redundante, o homem estava reduzido a metades. Pisara um chão traiçoeiro e subira pelas alturas para esse lugares onde se deixa a alma e se trazem eternidades. Correia não deixou nem trouxe, incompetente até para morrer. A mina que explodira era pessoal. Mas ele, tão gordo, tão abastado de volume, necessitava de duas explosões.
— *Estou morto por metade. Fui visitado apenas por meia-morte.*
Perdera a vida só num olho, um lado da cara todo desfacelado. O olho dele era faz-conta um peixe morto no aquário do seu rosto. Mas o sargento era tão apático, tão sem meximento, que não se sabia se de vidro era todo ele ou apenas o olho. Falava com impulso de apenas meia-boca. Evitava conversas, tão doloroso que era ouvir-se. Não apertava a mão a ninguém para não sentir nesse aperto o vazio de si

mesmo. Deixou de sair, cismado em visitar no obscuro da casa a antecâmara do túmulo. O Correia perdera interesses na vida: ser ou não ser tanto lhe desfazia. As mulheres passavam e ele nada. E ladainhava: "estou morto por metade".

Agora, reformado, sozinho, mutilado de guerra e incapacitado de paz, Antunes Correia e Correia tomava conta de suas lembranças. E se admirava do fôlego da memória. Mesmo sem o outro hemisfério não havia momento que lhe escapasse nessa caçada ao passado. *Das duas uma: ou minha vida foi muito enorme ou ela fugiu-me toda para o lado direito da cabeça.* Para as recordações virem à tona ele inclinava o pescoço.

— *Assim escorregavam diretamente do coração —* dizia ele.

Felizminha era a empregada do sargento. Trabalhava para ele desde a sua chegada ao bairro militar. Nos vapores da cozinha a negra Felizminha arregaçava os olhos. Enxugava a lágrima, sempre tarde. Já a gota tombara na panela. Era certo e havido: a lágrima se adicionando nas comidas. Tanto que a cozinheira nem usava tempero nem sal. O sargento provava a comida e se perguntava porquê tão delicados sabores.

— *É comida temperada a tristeza.*

Era a invariável resposta de Felizminha. A empregada suspirava: *ai, se pudesse ser outra, uma alguém.* Poupava alegrias, poucas que eram.

— *Quero guardar contentamento para gastar depois, quando for mais velhinha.*

Metida a sombra, fumo, vapores. Nem sua alma ela

enxergava nada, embaciada que estava por dentro. A mão tiritacteava no balcão. O recinto era escuro, ali se encerravam voláteis penumbras. A cozinha é onde se fabrica a inteira casa.

Certa noite, o patrão entrou na cozinha, arrastando seu peso. Esbarrou com a penumbra.

— *Você não quer mais iluminação na porcaria desta cozinha?*

— *Não, eu gosto assim.*

O sargento olha para ela. A gorda Felizminha remexe a sopa, relambe a colher, acerta o sal na lágrima. O destino não lhe encomendou mais: apenas esse encontro de duas meias vidas. Correia e Correia sabe quanto deve à mulher que o serve. Logo após o acidente, ninguém entendia as suas pastosas falas. Carecia-se era de serviço de mãe para amparar aquele branco mal-amanhado, aquele resto de gente. O sargento garatunfava uns sons e ela entendia o que queria. Aos poucos o português aperfeiçoou a fala, mais apessoado. Agora ele olha para ela como se estivesse ainda em convalescença. O roçar da capulana dela amansa velhos fantasmas, a voz dela sossega os medonhos infernos saídos da boca do fogo. Milagre é haver gente em tempo de cólera e guerra.

— *Voce está magra, anda a apertar as carnes?*

— *Magra?*

Pudesse ser! A tartaruga: alguém a viu magrinha? Só os olhos lhe engordavam, barrigando de bondades. A gorda Felizminha gemia tanto ao se baixar que parecia que a terra estava mais longe que o pé.

— Me esclareça uma coisa, Felizminha: porquê essa choradice, todos os dias?
— Eu só choro para dar mais sabor aos meus cozinhados.
— Ainda eu tenho razões para tristezas, mas você...
— Eu de onde vim tenho lembrança é de coqueiros, aquele marejar das folhas faz conta a gente está sempre rente ao mar. É só isso, patrão.

A negra gorda falou enquanto rodava a tampa do rapé, ferrugentia. O patrão meteu a mão no bolso e retirou uma caixa nova. Mas ela recusou aceitar.

— Gosto de coisa velha, dessa que apodrece.
— Mas você, minha velha, sempre triste. Quer aumento no dinheiro?
— Dinheiro, meu patrão, é como lâmina... corta dos dois lados. Quando contamos as notas se rasga a nossa alma. A gente paga o quê com o dinheiro? A vida nos está cobrando não o papel mas a nós, próprios. A nota quando sai já a nossa vida foi. O senhor se encosta nas lembranças. Eu me amparo na tristeza para descansar.

A gorda cozinheira surpreendeu o patrão. Lhe atirou, a queimar-lhe a roupa:

— Tenho ideia para o senhor salvar o resto do seu tempo.
— Já só tenho metade de vida, Felizminha.
— A vida não tem metades. É sempre inteira...

Ela desenvolveu-se: o português que convidasse uma senhora, dessas para lhe acompanhar. O sargento ainda tinha idade combinando bem com corpo. Até há essas da vida, baratinhas, mulheres muito descartáveis.

— Mas essas são pretas e eu com pretas...
— Arranje uma branca, também há aí dessas de comprar. Estou-lhe a insistir, patrão. O senhor entrou na vida por caminho de mulher. Chame outra mulher para entrar de novo.

Correia e Correia semissorriu, pensageiro. Um dia o militar saiu e andou a tarde toda fora. Chegou a casa, eufórico, se encaminhou para a cozinha. E declarou com pomposidade:

— Felizminha: esta noite ponha mais um prato.

A alma de Felizminha se enfeitou. Esmerou na arrumação da sala, colocou uma cadeira do lado direito do sargento para que ele pudesse apreciar por inteiro a visitante. Na cozinha apurou a lágrima destinada a condimentar o repasto.

Aconteceu, porém, que não veio ninguém. O lugar na mesa permaneceu vazio. Essa e todas as outras vezes. Única mudança no cenário: o assento que competia à invindável visita passava da direita para a esquerda, esse lado em que não havia mundo para o sargento Correia.

Felizminha duvidava: essas que o patrão convidava existiam, verídicas e autênticas?

Até que, uma noite, o sargento chamou a cozinheira. Pediu-lhe que tomasse o lugar das falhadas visitadoras. Felizminha hesitou. Depois, vagarosa, deu um jeito para caber na cadeira.

— Decidi me ir embora.

Felizminha não disse nada. Esperou o que restava para ser dito.

— E quero que você venha comigo.

— Eu, patrão? Eu não saio da minha sombra.
— Vens e vês o mundo.
— Mas ir lá fazer o quê, nessa terra...
— Ninguém te vai fazer mal, eu prometo.

Daí em diante, ela se preparou para a viagem. Animada com a ideia de ver outros lugares? Aterrada com a ideia de habitar terra estranha, lugar de brancos? Nem rosto nem palavra da cozinheira revelavam a substância de sua alma. O sargento provava a refeição e não encontrava mudança. Sempre o mesmo sal, sempre a mesma delicadeza de sabor. No dia acertado, o militar acotovelou a penumbra da cozinha:

— Venha, faça as malas.

Saíram de casa e Felizminha cabisbaixou-se ante o olhar da vizinhança. Então o sargento, perante o público, deu-lhe a mão. Nem se entrecabiam bem de tão gordinhas, os dedos escondendo-se como sapinhos envergonhados.

— Vamos — disse ele.

Ela olhou os céus, receosa por, daí a um pouco, subir em avião celestial, atravessar mundos e oceanos. Entrou na velha carrinha, mas para seu espanto Correia não tomou a direção do aeroporto. Seguiu por vielas, curvas e areias. Depois, parou num beco e perguntou:

— Para que lado fica essa terra dos coqueiros?

A última chuva do prisioneiro

(*pensando no escritor nigeriano
Ken-Saro-Wiwa*)

Lhe entrego dinheiro, prometo, tenho dinheiro fora. Não duvide: são cifras, maquias e quantidades. Tenho e tenho. E dou-lhe tudo, totalmente. Mas me traga chuva, uma porção de chuva boa, grossa e gorda. Estou doido? Por causa de querer que chova aqui, dentro da prisão? Pode ser, pode ser loucura. Mas a loucura é a única que gosta de mim. O senhor que é um inventador de realidades, me faça esse favor. Me invente, rápido, uma urgente chuvinha.
Antigamente, valia a pena ser preso. O cantinho da prisão nem era mau, comparado com o mundo que nos cabia, lá fora. Falo sério. Maioria do que aprendi foi na prisão. Ler, escrever: foi na prisão que me letrinhei. Minha vida era uma roda-ronda entre roubo e grades. Me prendiam: era um consolo cheio de sossego. Lá fora ficava o mundo, mais suas doenças, suas nauseabundâncias.
Agora, o calabouço é um lugar definhado, de não valer as penas. Esse mundo torto já entrou na prisão. A

cadeia se infernou, dá vontade só de escapar. Porque aqui dentro nos roubam mais que fora. Aqui somos roubados por polícia, roubados por ladrões. Já nem podemos estar livres na cadeia. Neste lugar nem os mortos estão seguros. Já perdi escolha, doutor: a prisão me mata, a cidade não me deixa viver. A feiura deste mundo já não tem dentro nem fora. Lhe explico, nos tintins. Na minha língua materna nem há palavra para dizer cadeia. Não tínhamos nem ideia de cadeia. Foram os portugueses que trouxeram. Coitados, trouxeram cadeias de tão longe, até dava pena elas ficarem vazias. Eu explicava assim para minha mãe, primeiras vezes que fui preso.

— *Estou a ser preso, mamã, mas é só por respeito dos mezungos.*

— *Respeito dos brancos?*

— *Sim, mãe: é que eles, coitados, tiveram tanto trabalho... é feio a gente deixar estas cadeias assim, sem ninguém.*

Minha mãe acenava, com reserva. Ela enchia o nariz de rapé, aspirava aquilo como se a narina fosse a boca da sua alma. Depois, espirrava, soltando distraídos demónios. E me avisava:

— *Só eu tenho medo é do tempo...*

— *Que tem o tempo?*

— *É que o tempo namora com ele próprio. Só finge que gosta de nós...*

— *Não entendo, mamã.*

— *É que, na cadeia, o tempo gosta de passear com*

modos de prostituta. Você que pensa que ainda não lhe deu nada mas já pagou a sua toda vida.
— Não se preocupa, mamã. Eu venho, volto e regresso.

Ela deixava uma alegria espreitar na lágrima. Com as tais palavras eu lhe estava imitando quando ela, em minha pequeninice, me dava instrução de regresso. Mais acontecia era quando chovia. Minha mãe me acorria, me sacudia, me suspendia.

— *Começou a chuva, filho, corre lá para fora!*

Era o contrário das restantes mães que chamavam seus meninos a recolher assim que tombavam as primeiras gotas. Fosse a que hora, mal chuviscava, ela me despertava, me despia e me empurrava para fora de casa. Minha mãe acreditava que a chuva é água de lavar alma. Nunca ela deve ser desperdiçada. Disso me lembro, a chuva tintilando, eu tiritando. E, em minhas mãos, as folhas do kwangula tilo, essa plantinha que nos protege dos trovões, impedindo que o peito nos rebente. Me lembro de suas encomendações:

— *Vens, voltas e regressas. Ouviste?*

Nem sei quantas vezes entrei, voltei e regressei para o calabouço. Minha vida foi um ciclo de porta e tranca, céu e grade. Minha mãe morreu, durante esse entra e sai. Recebi notícia na prisão, no meio de um domingo. Escutávamos o relato de um futebol. Os outros se mantiveram, cativos do rádio. Só eu despeguei cabeça, levantei os olhos para o carcereiro. Pedi para sair. Não me autorizaram. Eu que fosse à capela da prisão, orasse ali por minha mãe. Mas o chefe da cadeia, sendo branco, não me podia entender. Eles se despedem dos mortos de modo diferente. Foi única vez que fugi da cadeia, foi essa. Eu queria comparecer na cerimónia de minha velha. Lá no cemitério da família ainda me pingou uma tristeza. Falei assim:

— *Viu, mãe? Eu disse que voltava...*

E pelo pé de minha vontade retornei para a prisão. Dentro e fora, já eu era conhecido de todos, presos e guardas. Sou irmão legítimo dos que não têm família. Eles sempre me dedicaram amizades, autenticadas com provas. Me traziam revistas com fotografias de mulher branca. Eu antes me divertia com uma dessas fotografias, o corpo dessa mulher me era muito manual. Mas me cansei de imaginadelas. Ultimamente o que fazia? Punha a fotografia dessa mulher em cima do armário e lhe rezava. Faz conta era Nossa Senhora dos Qualqueres. Eu ficava assim, joelhado, com vontade de pedir, o pedido me vinha à boca mas eu engolia como se fosse só saliva. E fiz tanto isso que me esqueceu todos os pedidos que eu queria comendar.

Vendi a revista aos pedaços, quinhentos cada foto, mil cada mama. Agora, deixei de pedir. Desisti. A única coisa que quero é chuva. Chover-me em cima de mim, molhar-me, charcoar-me.

Eu nasci na arrecadação da paisagem, num lugar bem desmapeado do mundo. Tudo em volta eram securas, poeiras e remoinhos. Chuva era sinal dos deuses, sua escassa e rara oferta. E quando me dispunha assim, todo eu nu, todo inteiramente descalço, parecia que os divinos destinavam toda aquela água só

para mim. Eu tenho essa única saudade. Que caia um muitão de chuva, até chover dentro de mim, pingar-me os tetos da cabeça, me aguar o coração e eu sentir que Deus me está lavando das poeiras que a vida me sujou. E assim diluviado, eu escute, entre o ruído das gotas nos telhados, a voz de minha mãe me farolando:
— *Você vem, volta...*
E agora que estou falando, imagine, doutor, estou já sentindo em meus braços o doce roçar das folhinhas da planta que me protege do rebentar do peito, logo hoje que é véspera de eu ser sentenciado no suspenso da corda. Como se essa corda me conduzisse para onde minha mãe me espera, sentada na berma de um chuvisco. Como se esse nó de forca fosse o meu cordão desumbilical.
Me invente uma última chuvinha, doutor...

A gorda indiana

— *Quero ser como a flor que morre antes de velhecer.*
Assim dizia Modari, a gorda indiana. Não morreu, não envelheceu. Simplesmente, engordou ainda mais. Finda a adolescência, ela se tinha imensado, planetária. Atirada a um leito, tonelável, imobilizada, enchendo de mofo o fofo estofo. De tanto viver em sombra ela chegava de criar musgos nas entrecarnes.

A vida dela se distraía. Lhe ligavam a televisão e faziam desnovelar novelas. Modari chorava, pasmava e ria com sua voz aguçada, de afinar passarinho. Nos botões do controlo remoto ela se apoderava do mundo, tudo tão fácil, bastava um toque para mudar de sonho. Rebobinar a vida, meter o tempo em pausa. Afinal, o destino está ao alcance de um dedo. Modari, de dia, noturna. De noite, diurna. No ecrã luminoso a moça descascava o tempo.

Tanta substância, porém, lhe desabonava a força. A gorda não se sustinha de tanto sustento. Não tinha levante nem assento. Desempregada estava sua carne, flácido o corpo em imitação de melancia recheada. Uma simples ideia lhe fazia descair a cabeça. Já a família sabia: se era ideia bondosa descaía para o lado esquerdo. Ideia má lhe pesava no ombro direito.

Em abono da estória se diga: ela se sujava ali mesmo, em plenas carnes. À hora certa, um empregado lhe vinha lavar. Despia a moça e lhe pedia licenças para passar toalhas perfumadas pelas concavidades, folhos e pregas. Lhe pegava, virava e desfraldava com o esforço do pescador de baleia. Depois, lhe deixava assim, nua, como uma montanha capturando frescos. Por fim, lhe ajudava a vestir uma combinação leve, transparente. O empregado nem era delicado. Mas ela se amolecia com o roçar das mãos dele. E adormecia, controlo remoto na mão.

Para não definhar, longe das vividas vistas, lhe abriram uma janela no quarto. Partiram a parede, levantaram tempestades de poeira. Impossível de ser deslocada, cobriram a gorda com um plástico. Modari espirrava em soprano, mais aflita com o aparelho televisivo que com seus pulmões.

Certo um dia ali chegou um viajeiro. O migrante lhe trouxe panos, cores e perfumes da Índia. Era um homem sóbrio, sozinhoso. Ele a olhou e, de pronto, se apaixonou de tanto volume.

— *Você tem tanta mulher dentro de si que eu, para ser polígamo, nem precisava de mais nenhuma outra.*

O homem amava Modari mas tinha dificuldade em chegar a vias do facto. Com paixão ele suspirava: "se um dia eu conseguir praticar-me com você!...". Mas ele devia atravessar mais carne que magaíça mineirando nas profundezas.

— *De hoje em diante não quero nenhum empregado mexendo em você.*

Ele mesmo passou a lavá-la. Modari se tornou muito lavadiça e o homem lhe enxugava, aplicava pós medicinais, esfregava com loções. Foi num desses lavamentos que o ato se consumou. O visitante lhe empurrou as pernas como se destroncasse imbondeiros. Fizeram amor, nem se sabe como ele conseguiu descer tão fundo nas grutas polposas dela. Modari, a seguir, se sentiu leve. Controlo remoto na mão, ela então tomou consciência que, em nenhum momento do namoro, havia largado a caixinha de comando da televisão. Assim como estava, besuntada de transpiros, fez graça:

— *Meu amor, você prefere quê: entalado ou enlatado?*

Ela se encontrava tão ligeira que experimentou levantar o braço. E conseguiu. Deliciada, ficou marionetando os dedos no alto. Na noite seguinte, voltaram a fazer amor. E nas restantes noites também. Então, Modari se deu conta que, de cada vez que amava, ela emagrecia aos molhos vistos. Passados dias, já Modari se levantava da cama e ensaiava uns passos na ampla sala. O amante, reiquintado, parecia mais insatisfeito que abelha. Amava que se desunhava. Seu coração sofria de acesso de excessos.

Um mês depois, Modari até dançava. Esbelta, desenhada a osso e linha. Centenas de quilogramas se haviam evaporado, vertidos em calor e nada. Modari se ocupava em reduzir saris, apertar vestidos, acrescentar furos no cinto. A família, no início, se contentou. Mas, com o tempo, deixaram de celebrar aquela mudança. Modari se escaveirava, magricelenta. Das duas nenhuma: ou ela estava doente ou amava em demasia.

— *Demasia?*

Modari rejeitou conselho. Que o amor é como o mar: sendo infinito espera ainda em outra água se completar. Não abrando, gritou ela. E foi falar com seu homem que complacentou: amar-se-iam sempre, mas ela que deixasse na cabeceira o controlo remoto. Pelo menos durante o enquanto. Entre risos e lábios, se entrelaçaram. Pela primeira vez, nessa noite Modari sentiu o morder da ternura. O sabor do beijo resvala entre lábio e dente, entre vida e morte. Lâmina e veludo, qual dos dois no beijo a gente toca? Asfixiação boca a boca: isso é o beijo.

No dia seguinte, Modari, minusculada, dispensava peso. Nunca se viu mulher em estado de tal penúria de carne. A ponto de o seu amante ter medo:

— *Não, Modari, não lhe devo tocar, seu corpo já não dá acesso ao amor.*

Modari sorriu: o seu amante receava que ela morresse? Lhe apeteceu responder que, por causa do amor, ela estava vivendo, ao mesmo tempo, infinitas vidas. Para morrer, agora, seriam precisas infinitas mortes. Em vez disso, perguntou:

— *Não lembra que, antes, eu desejava ser flor? Pois, me responda: não lhe sou perfumosa?*

Ele lhe pegou as mãos como que se coletasse coragem. E anunciou que, em sendo outro o sol, ele deveria seguir comprida viagem.

— *Amanhã, meu namorzinho.*

Modari se afastou, crepuscalada. Ficou assim, ocultada, despresente. O homem pensou que ela estivesse lagrimando. Súbito, porém, ela se voltou, operando risos. Agitando o controlo remoto na mão, desafiou:

— *Venha apanhar este seu rival. Venha seu ciumento!*

Ele a tomou nos braços e a acarinhou, cedido, sedento. Os que beijam são sempre príncipes. No beijo todas são belas e adormecidas. Como que dormida, a indiana se rendeu. No fim, o homem olhou surpreso os seus próprios braços. Não havia nada, ninguém. Modari se extinguira. Seu corpo saíra da vida dela, o tempo se exilara de sua existência. A indiana se antigamentara. O homem ainda escutou, algures na sala, tombar a caixinha do controlo remoto.

A menina, as aves e o sangue

Aconteceu, certa vez, uma menina a quem o coração batia só de quando em enquantos. A mãe sabia que o sangue estava parado pelo roxo dos lábios, palidez nas unhas. Se o coração estancava por demasia de tempo a menina começava a esfriar e se cansava muito. A mãe, então, se afligia: roía o dedo e deixava a unha intacta. Até que o peito da filha voltava a dar sinal:

— *Mãe, venha ouvir: está a bater!*

A mãe acorria, debruçando a orelha sobre o peito estreito que soletrava pulsação. E pareciam, as duas, presenciando pingo de água em pleno deserto. Depois, o sangue dela voltava a calar, resina empurrando a arrastosa vida.

Até que, certa noite, a mulher ganhou para o susto. Foi quando ela escutou os pássaros. Sentou na cama: não eram só piares, chilreinações. Eram rumores de asas, brancos drapejos de plumas. A mãe se ergueu, pé descalço pelo corredor. Foi ao quarto da menina e joelhou-

-se junto ao leito. Sentiu a transpiração, reconheceu o seu próprio cheiro. Quando lhe ia tocar na fronte a menina despertou:

— *Mãe, que bom, me acordou! Eu estava sonhar pássaros.*

A mãe sortiu-se de medo, aconchegou o lençol como se protegesse a filha de uma maldição. Ao tocar no lençol uma pena se desprendeu e subiu, levinha, volteando pelo ar. A menina suspirou e a pluma, algodão em asa, de novo se ergueu, rodopiando por alturas do teto. A mãe tentou apanhar a errante plumagem. Em vão, a pena saiu voando pela janela. A senhora ficou espreitando a noite, na ilusão de escutar a voz de um pássaro. Depois, retirou-se, adentrando-se na solidão do seu quarto. Dos pássaros selou-se segredo, só entre as duas.

Mas o assunto do coração suspenso foi sendo divulgado e chegaram ao subúrbio curiosos da cidade. Vieram estudiosos a solicitar o caso daquele acaso. Até médicos questionavam a mãe:

— *Angina de peito ela teve?*

— *Sim, doutor: sempre ela foi anjinha de peito.*

Precisar de ajuda? Que não, doutor, essa menina é feita assim mesmo, levinha como ar em pulmão de ave. Mas o médico insiste, promete mundos sem fundos. Que a fenomenosa miúda podia ficar em memória da ciência. Mas a senhora mãe deveria participar. Era preciso tudo controlar: batimentos, calores, suspiros. Tarefa para mãe a tempo inteiro, se pediam obséquios.

— *Se eu sei contar, doutor? Só os padre-nossos e avés que nos mandam rezar na confissão.*

Por uns dias ela ainda segurou o pulso frio da menina. Quase desejava que o peito não desse resposta. Afinal, quando o coração lhe pulsava a menina esquentava-se, a ponto de rubra febre. A filha resistia, com doçura: queria era sair, brincar.

— *Desde dois dias, mãe. Desde isso que não bate.*

A senhora desistiu das medições. Que a deixassem só, ela com ela. E, de noite, os pássaros enchendo o escuro. A mãe expulsou os exteriores mirones. Fossem todos, levassem seus títulos, promessas, indagações.

Com o tempo, porém, cada vez menos o coração se fazia frequente. Quase deixou de dar sinais à vida. Até que essa imobilidade se prolongou por consecutivas demoras. A menina falecera? Não se vislumbravam sinais dessa derradeiragem. Pois ela seguia praticando vivências, brincando, sempre cansadinha, resfriorenta. Uma só diferença se contava. Já à noite a mãe não escutava os piares.

— *Agora não sonha, filha?*
— *Ai mãe, está tão escuro no meu sonho!*

Só então a mãe arrepiou decisão e foi à cidade:

— *Doutor, lhe respeito a permissão: queria saber a saúde de minha única. É seu peito... nunca mais deu sinal.*

O médico corrigiu os óculos como se entendesse retificar a própria visão. Clareou a voz, para melhor se autorizar. E disse:

— *Senhora, vou dizer: a sua menina já morreu.*

— *Morta, a minha menina? Mas, assim...?*
— *Esta é sua maneira de estar morta.*
A senhora escutou, mãos juntas, na educação do colo. Anuindo com o queixo, ia esbugolhando o médico. Todo seu corpo dizia sim, mas ela, dentro do seu centro, duvidava. Pode-se morrer assim com tanta leveza, que nem se nota a retirada da vida? E o médico, lhe amparando, já na porta:
— *Não se entristonhe, a morte é o fim sem finalidade.*
A mãe regressou a casa e encontrou a filha entoando danças, cantarolando canções que nem existem. Se chegou a ela, tocou-lhe como se a miúda inexistisse. A sua pele não desprendia calor.
— *Então, minha querida não escutou nada?*
Ela negou. A mãe percorreu o quarto, vasculhou recantos. Buscava uma pena, o sinal de um pássaro. Mas nada não encontrou. E assim, ficou sendo, então e adiante.
Cada vez mais fria, a moça brinca, se aquece na torreira do sol. Quando acorda, manhã alta, encontra flores que a mãe depositou ao pé da cama. Ao fim da tarde, as duas, mãe e filha, passeiam pela praça e os velhos descobrem a cabeça em sinal de respeito.
E o caso se vai seguindo, estória sem história. Uma única, silenciosa, sombra se instalou: de noite, a mãe deixou de dormir. Horas a fio sua cabeça anda em serviço de escutar, a ver se regressam as vozearias das aves.

A filha da solidão

Na vida tudo chega de súbito. O resto, o que desperta tranquilo, é aquilo que, sem darmos conta, já tinha acontecido. Uns deixam a acontecência emergir, sem medo. Esses são os vivos. Os outros se vão adiando. Sorte a destes últimos se vão a tempo de ressuscitar antes de morrerem.

Filha dos cantineiros portugueses, Meninita sempre foi moça comedida. Na penumbra da loja, ela atendia os negros como se fossem sombras de outros, reais viventes. A miúda se ia fazendo ao corpo — o fruto se adoçava em polpa açucrosa. A sede se inventa é para a miragem de águas. Pois nas redondezas não viviam outros brancos, únicos a quem ela entregaria seus açúcares.

A família Pacheco se pioneirara na aridez de Shiperapera, onde mesmo os negros originários escasseavam. Por que escolhera tão longínquas paragens?

— *Aqui, por trás destas altas montanhas, nem Deus me pode espreitar...*

Fala do português para enganar perguntas. Ninguém entende por que o Pacheco se internara tanto nas dunas desérticas de Sofala, condenando a família a não conviver mais com gente de igual raça. Dona Esmeralda, a esposa, se angustiava vendo o crescer da filha. A que homem se destinaria ela, naquele afastamento da sua semelhante humanidade? Deram-lhe o nome de Meninita para a ancorar no tempo. Mas a filha se inevitalizava. Na sombra imutável do balcão, ela desfolhava uma mil vezes repetida fotonovela. Sonhava aos quadradinhos...

— *Não espere consolo, filha: aqui só há pretalhada.*

A menina se consolava fechada no quarto, a revista da fotonovela entre os lençóis. Suas mãos se desprivatizavam em carícias de outro. Mas esse apagar de lume lhe trazia um novo e mais aguçado tormento. Quando, depois de suspirada e transpirada, ela se abandonava no leito, uma funda tristeza lhe pousava. Era como nascesse em si uma alma já morta. Tristeza igual só essas mães que dão à luz um menino inanimado. É justo poder-se assim visitar os paraísos e nos expulsarem? Lhe custaram tanto essas despedidas de si que passou a evitar seu próprio corpo. Vale a pena é trocar carinhos, receber as salivas do ventre de um outro. Mas outros ali não havia para a donzela Meninita.

— *Acha que essa nossa filha se vai meter com um preto?*

O pai se ria, cuspindo gargalhada. O riso dele tinha razão: a casa dos Pachecos se enconchara de preconceito. Ali se dizia no singular: *o preto.* Os outros, de outra cor, se reduziam a uma palavra, soprada entre a maxila do medo e a mandíbula do desprezo. Meninita cumpria os ensinamentos da raça. Recebia os clientes, sem sequer erguer a cabeça:

— *Qué quer?*

Massoco, único empregado, achava graça aos modos desdenhosos da pequena patroa. Ele era jovem como ela, carregava sacos e caixotes, conduzia a carroça dali para depois do horizonte.

As melancolias da Meninita cresciam. A revista já esfarelava, de tanto desfolhada. No dia em que fez dezoito, Meninita lançou fogo sobre si mesma. Se imolou. Mas não desses fogos comuns de combustão visível. Ardeu em invisíveis chamas, só ela sofria tais ardências. Ficou ardendo em demorada consecução. A febre lhe autorizava o delírio.

Veio a mãe, lhe abanou uma frescura. Veio o pai, lhe aplicou conselho logo seguido de ameaças. Tudo irresultou. Esse fogo se apagava era em corpo de macho, em água de duplos suores e carícias. A mãe lhe corrigia a ilusão da expectativa:

— *Minha filha, não deixe o corpo lhe nascer antes do coração.*

Adoentada, a moça deixou de atender ao balcão. Substituiu-a o moço Massoco, cresceram simpatias na loja. Meninita se internou em seu quarto, emigrada da vida, exilada dos outros. Massoco, ao fim do dia, se apresentava, em solene tristeza. Chegou a pedir:

— *Peço licença ir lá ver a patroinha...*

Um dia chegou a Shiperapera uma veterinária do

Ministério. Vinha inspecionar o gado dos indígenas. Quando o casal soube da notícia decidiu ocultar a novidade da filha. Ela já andava tão alterada! O Pacheco foi à estrada, esperar a compatriota. Levou cerimónias e pastéis de peixe-seco. Acompanhou a doutora a uma casa de hóspedes que a administração em tempos construíra. Já deitados, os Pachecos trocaram as esperadas más-línguas:

— *Porra, a gaja parece um homem!*

E riram-se. Dona Esmeralda se satisfazia pela visitante ser tão pouco mulher. Não fosse o marido se devanear. Numa dessas noites, Meninita sofreu de um acesso grave. O casal, em desespero, decidiu chamar a médica veterinária. O pai acorreu à casa de hóspedes e urgiu comparência à veterinária. No caminho, lhe explicou a condição da filha.

Chegados à cantina, dirigem-se em silêncio profissional para os aposentos da perturbada jovem. Em delírio, a menina confunde a veterinária com um homem. Atira-se-lhe aos braços, beijando-lhe os lábios com sofreguidão. Os pais se embaraçam e acorrem a separar. A veterinária recompõe-se, ajeitando imaginários cabelos sobre a face. Meninita com sorriso sonhador parece agora ter adormecido.

Pacheco volta a acompanhar a visitante. Vão calados, todo o tempo da viagem. Na despedida, a veterinária, rompendo o silêncio, expõe o seu plano:

— *Eu vou fazer de homem. Me disfarço.*

Pacheco não sabia o que dizer. A veterinária se explica: o cantineiro lhe emprestaria roupas velhas e ela se apresentaria, disfarçada de namorado caído dos céus. O português acenou maquinalmente e voltou a casa apressado em pôr a esposa a par do estranho plano. Dona Esmeralda riscou no lábio superior a curva da dúvida. Mas que se fizesse, a bem da pequena. E se benzeu.

Nas noites seguintes, a veterinária aparecia com seu disfarce. Subia ao quarto de Meninita e lá se demorava. Dona Esmeralda, na sala, chorava em surdina. Pacheco bebia, devagaroso. Passadas horas a veterinária descia, ajeitando no rosto uma inexistente madeixa.

Fosse pela qual razão, a verdade é que Meninita arrebitava. A veterinária, dias depois, se retirou, nuvem naquela estrada onde mesmo a poeira rareava. Meninita, na manhã seguinte, desceu à loja, a velha revista na mão. Sentou-se no balcão e inquiriu a sombra do outro lado:

— *Qué quer?*

Massoco riu-se, abanando a cabeça. E a vida se retomou, em novelo que procura o fio. Até que um dia, Dona Esmeralda despertou o marido, sacudindo-o:

— *Nossa filha está grávida, Manuel!*

Choveram insultos, improperiou-se. Os vidros das janelas se estilhaçaram, tais as raivas do Pacheco: *eu mato o cabrão da doutora!* A mulher implorou: agora, sim, era assunto de ir à vila. O marido que quebrasse seu juramento e superasse as montanhas de volta ao mundo. De noite, o casal se fez à viagem, recomendando à filha mil cuidados e outras tantas trancas. E sumiram-se no escuro.

Na janela, Meninita ainda espreitou a poeira da estrada iluminada pela lua. Subiu ao quarto, abriu a revista das velhas fotos. Vencida pelo sono se ajeitou no colchão em rodilha de lençóis. Antes de adormecer, apertou a mão negra que despontava no branco das roupas.

Lágrimas
para irmãos siameses

Eram duas vezes dois irmãos siameses, nascidos um com o braço no braço do outro fundido. Se pareciam como uma folha e a seguinte. De nomes como assim: Osório e Irrisório. Cresceram os dois, um em consequência do outro. Recíprocos, simultâneos e simétricos. Ainda menininhos, o doutor advisou a mãe:

— *Podemos separá-los agora, este é o momento conveniente.*

Separá-los. Porquê? Se Deus os queria carne com osso? Se davam bem, amiguíssimos, vizinhos, repartindo o tudo e o nada. Os pais, remediados, compraram um único relógio que ambos partilhavam no comum antebraço. Ao apertar a corrente do relógio, a mãe sentenciou:

— *Assim, o tempo nunca lhes vai dividir.*

O tempo, esse mesmo, foi descaiando espelhos e os siameses começaram a engrossar a vista em saia e peito. Osório, sobretudo, era mais espevitado. Irrisório era mais metido em si, olhos caseiros. Osório, às duas por muitas, se apaixonou por Marineusa. Se adonzelou com ela, esfregando-se nela até gastar o umbigo. Havia, óbvio, o problema do mano que estava ali, mesmo ao braço de semear. Osório lhe pedia que fechasse olho, tapasse ouvido, alheasse sentido. Irrisório tranquilizava:

— *Sou homem correto, descanse mano Ó.*

Irrisório, por voz de promessa, sossegava o irmão. O pai, sabedor da vida, sugeriu um encontro familiar. E disse assim:

— *Vão chegar mulheres e amores. Melhor é vocês separarem-se!*

Mas eles negaram. Eram fiéis, como a canção: juntos para sempre. O pai manteve o mandamento. Porém, foi enfraquecendo perante a insistência dos gémeos:

— *Mas, pai, nós, assim alicateados, saímos baratos a Deus: precisamos só de um anjo da guarda.*

E o outro ainda reforçava:

— *Como podemos separar? Se cada um da gente só tem uma mão?*

— *É. Só os dois é que somos um.*

Todos riram, arrumado o assunto. Antes de se retirar, o pai ainda sacudiu uma resignação:

— *Vão ver, o amor junta, o amor separa.*

E mais nada. Até que numa noite tempestosa Marineusa dormiu no mesmo leito dos irmãos. Irrisório se insentou, virado para a oposta parede. Fora, trovejava, chovia a rios. A arribombação escondia os gemidos dos amantes. Osório se estava combustando na escalada dos prazeres quando, repente, acreditou ver um braço alheio apalpilhando as traseiras da moça. Foi como relâmpago, dentro e fora dele. Visão incerteira mas que lhe rasgou o pensamento. Irrisório se aproveitava? A miúda, magoada, pranteou. Osório queria tudo a pratos lavados:

— *Explique-me, Marineusa!*

Ela levantou o braço pedindo pausa. E recolheu uma lágrima na ponta do dedo. Fez sinal para que ele espreitasse a gotinha de tristeza. E Osório, maravilhado, viu surgir seu rosto na lágrima de sua amada.

— *Sou eu?*

— *Veja, essa é prova, a verdade saída do meu coração.*

Na seguinte madrugada, a moça já tinha saído, Osório ainda foi assaltado por uma tardia suspeita. Aquele braço, em meio de relâmpago? E falou para o irmão:

— *Cuidado, mano! Você desce da cama e entra na cova!*

— *Está com ciúme, Osório?*

— *Ciúme, eu?*

— *Ou está com dores no meu cotovelo?*

— *Eu só digo: veja essa sua mão, seu mãojerico.*

Acabaram brincando, amolecidos. E ficou-se sem dito nem feito. O ciúme, porém, cismava em garimpeirar o peito do irmão apaixonado.

Um dia, aproveitando o sono de Irrisório, Osório perguntou a Marineusa:

— *Você, afinal: de quem gosta mais de mim?*

Inesperadamente, a miúda desabou em choro. Falava em lágrimas. Osório se debruçava sobre o rosto dela a ver se entendia palavra. Mas nada. A namorada se inexplicava.
— Quê? *Você se entrega com ele?*
Ela adensou o choro. Irrisório pareceu querer despertar.
— *Dorme, pá!*
Osório punha e contrapunha. Como Marineusa não desse acordo com as falas ele exigiu:
— *Mostre-me uma lágrima!*
Ela hesitou. O homem gritou e Marineusa ainda recusou. Mas ele ameaçou e ela acedeu, gota tremeluzindo no estremecente dedo. Osório espreitou mas virou o rosto, fulminado pela visão do irmão bailando na película da lágrima. Com voz rouca, fechou o momento:
— *Você, nunca mais me compareça!*
Mas ela, passadas três semanas, voltou a aparecer. Abriu a porta e ficou ali parada, olhos térreos. O coração de Osório trepidou, ansioso. A moça correu em direção a ele. Osório levantou seu único autónomo braço, pronto a sanar e perdoar. O amoroso volta sempre ao local do amor? Mas eis que Marineusa se enviesa e se atira no braço de Irrisório. E os dois se beijaram, as bocas emigraram deles e molharam o mundo em volta. E se trocaram em ternuras e suspiros. Osório descabia em si. Virou o rosto e ferveu sem água, vinagrada a vista, salgado o sangue.

Nessa mesma noite, os dois irmãos, sozinhos, descascavam o silêncio. Osório quebrou o frio:

— *Amanhã, vou-me separar de você.*
— *Vai cortar o braço?*
— *Sim, vamos diretinhos no Hospital.*
— *Esse braço é mais meu, não se corta.*
E discutiram. Que parte, que músculo, que osso era de cada um? Os ânimos esquentaram a pontos de pancadarias. Passados minutos, os dois acabaram cheios de hematombos, todos traupartidos. Amarrados um no outro, os irmãos não se podiam desviar, nem furtar aos socos e pontapés. E adormeceram, de cansaço, uma mão segurando a outra, por precaução.

Manhã cedo, recomeçaram a briga. Um puxava o outro para o hospital. O outro gritava que não, que nunca, que nem que ele passasse por cima do cadáver dos dois. E mais socos, chutapés. A mãe gritava pelos vizinhos, ai que meus filhos se matam, um mais o outro! O pai avançou, peito arrojado:

— *Deixem que eu separo-os!*

Rápido, corrigiu o verbo. *Quer dizer, separo-os parcialmente, isto é, separo aquela parte de lá.* Enquanto acertava a frase, o pai se deixou ficar em debate com os múltiplos vizinhos.

No meio da balbúrdia, eis que aparece Marineusa. Fez-se um silêncio, abriu-se passagem entre a multidão. Avançou até aos gémeos e levantou a mão solicitando um tempo. Sem que se percebesse razão, ela desatou a chorar. Recolheu as lágrimas na concha da mão e chamou os irmãos para que espreitassem. Então, eles viram um cordão de gotas líquidas, entreligadas como um colar. Eram lágrimas siamesas. E em cada gota, alternadamente, surgia o rosto de Osório e de Irrisório. Ela tomou aquele longo rosário de gotas e o enlaçou em redor dos dois manos. Beijou-os na face, levantou-se e saiu entre alas de muito espanto.

O último voo do tucano

Ela estava grávida, em meio de gestação. Faltavam dois meses para ela se proceder a fonte. O que fazia, nessa demora? Deitava-se de ventre para baixo e ficava ali, imóvel, quase se arriscando a coisa. Que fazia ela assim, barriga na barriga do mundo?

— *Ensino o futuro menino a ser da terra, estou-lhe a dar pés de longe.*

Ela queria a viagem para seu filho. O pai sorria, por desculpa aos deuses. E ficava a coar o tempo, fazendo promessas logo-logo arrependidas: "Amanhã ou quem sabe depois?". Desentretanto, nada acontecia.

Aconteceu sim, foi numa noite farinhada de estrelas. O pai estava sentado sob a palmeira, a ver o mundo perder peso. Saboreava a carícia da preguiça dominical. Domingo não é um dia. É uma ausência de dia.

A mulher se chegou, em gesto fingido de segurar barriga. Sempre ela tivera os rins ruins. Assim, de encontro ao poente, a mulher parecia dobra de cobra, flor à espera de vaso.

— *Marido, você conhece a maneira dos tucanos ninharem?*

— *Conheço, com certeza.*

— *Porque não fazemos igual como eles?*

O homem quase caiu das costas. Mas não reagiu, concordado com o silêncio. Não é só a barriga: cabeça dela também inchou, pensou. Mas segurou a palavra e com ela se acordou.

— *Começamos quando?*

Nessa noite, ele contou as estrelas. A angústia lhe enxotava o sono. Fazer como os tucanos? Somos aves, agora? Como recusar, porém, sem chamar desgraças? Assim, no dia seguinte, ele deu início à loucura. Começou a fechar a casa com paus, matopes, água e areias. A casa foi ficando com mais paredes que lados. Tapadas foram as portas, fechadas as janelas. Deixou só uma pequena abertura e voltou a juntar-se à esposa.

A mulher se sentou no banquinho de mafurreira e deixou que o homem lhe cortasse os cabelos e rapasse todos pelos do corpo. Imitavam a tucana que se depena para construir o ninho.

Depois ela se despiu, libertou-se das vestes e atirou as roupas no obscuro da casa. E se despediram, fosse tudo aquilo nem vivido, simples fantasia. A mulher entrou na escura casa e ficou de costas. O marido maticou a abertura, enconchando a casa. Mas não tapou tudo: ficou um buraco onde mal metia o braço.

Fechada a obra, ele recuou uns breves passos para contemplar a casa. Aquilo, agora, mais se parecia um imbondeiro. A grávida estava aprisionada, na inteira dependência dele. Morresse o homem e ela definharia, desnutrida, desbebida. Os seus destinos se igualavam ao dos tucanos em momento de ninhação.

Nos tempos que seguiram, o homem cumpriu seu mandato: matutinava para trazer comeres e beberes. Duas vezes ao dia ele chegava e assobiava em jeito de pássaro. Ela acenava, apenas a mão dela se arriscava à luz.

— *Não tem medo que eu fique por lás, nunca mais voltado?*

— *Você, marido, sempre há-de voltar. Você tem doença da água: mesmo da nuvem sempre regressa.*

E assim se sucederam meses. Até que, uma vez, ela lhe disse: *não venha mais!* Ele sabia que ela estava anunciar o parto.

— *Você quer que eu fique perto?*

— *Não, espere longe.*

Ele longe não foi. Ficou atento, próximo, caso a necessidade. Esperou um dia, dois, muitos. Nada, nem um choro a confirmar o nascimento. Até que se determinou fazer valer sua dúvida. Chamou por ela, quase a medo. Tivessem morrido mãe e filho, ao desumbigarem--se. Já ele se decidia a arrombar o esconderijo quando de dentro do escuro se vislumbrou o aceno de um pano. A mulher estava viva. Logo, acorreu ele ansioso:

— *A criança?*

— *A criança, o quê?*

Ele não soube juntar mais pergunta. Quem mais se engasga é quem não come. A mulher, simples, disse que o menino estava que até Deus se haveria de espantar. Que ela precisava ficar ainda uns tempos assim, no choco, na quenteação do ninho para dar despacho ao crescer da vida.

Nessa primeira semana, ele ficou no quintal, em estado de nervos. É que não escutava nem chorinho, assobio de fome do menino. E se passavam semanas, lentas e oleosas.

— *Lhe peço, mulher. Me deixe ao menos ver o menino nosso.*

Ela então fez sair as mãos em concha pelo pequeno buraco. Só se via o enxovalhado enxoval.

— *Segure aqui, marido. Cuidado.*

Ele, embevecido, aceitou o embrulho das roupas.

— *Posso espreitar, ao menos?*

— *Não, ainda não se pode ver.*

E recolheu a dádiva, se deleitando com esse consolo. Ficou experimentando a ausência de peso daquele volume. Tão leve era o objeto que não havia força que o suportasse. O embrulho lhe tombou das mãos e se espalmilhou na areia. Foi quando, de dentro dos panos, se soltou um pássaro, muito verdadeiro. Levantou voo, desajeitoso, aos encontrões com nada.

O homem ficou a ver as asas se longeando, voadeiras. Depois, ergueu-se e se arremessou contra a parede da casa. Tombaram paus, desabaram matopes, despertaram poeiras. Agachada num canto estava a mulher, de ventre liso. Junto dela a capulana ainda guardava sangues. Areias revolvidas mostravam que ela já escavara o chão, encerrando a cerimónia. Ele se ajoelhou e acariciou a terra.

A luavezinha

(primeira estória para a Rita)

Minha filha tem um adormecer custoso. Ninguém sabe os medos que o sono acorda nela. Cada noite sou chamado a pai e invento-lhe um embalo. Desse encargo me saio sempre mal. Já vou pontuando fim na história quando ela me pede mais:
— *E depois?*
O que Rita quer é que o mundo inteiro seja adormecido. E ela sempre argumenta um sonho de encontro ao sono: quer ser lua. A menina quer luarejar e, os dois, faz contarmo-nos assim, eu terra, ela lua. As tradições moçambicanas ainda lhe aumentam o namoro lunar. A menina ouve, em plena verdade da rua: "*olha os cornos da lua estão para baixo: vai cair a chuva que a lua guarda na barriga*".
Me deu, um destes dias, a ideia de lhe contar uma estorinha para fazer pousar o sonho dela. E desencorajar seus infindáveis "e depois". Lhe inventei a estória que agora vos conto.

Era uma avezita que sonhava em seu poleirinho. Olhava o luar e fazia subir fantasias pelo céu. Seu sonho se imensidava:

— *Hei-de pousar lá, na lua.*

Os outros lhe chamavam à térrea realidade. Mas o passarinho devaneava, insistonto: vou subir lá, mais acima que os firmamentos. Seus colegas de galho se riram: aquilo não passava de menineira. Todos sabiam: não havia voo que bastasse para vencer aquela distância. Mas o passarinho sonhador não se compadecia. Ele queria luarar-se. Pelo que o tudo ficava nada.

Certa noite, de lua inteira, ele se lançou nos céus, cheio de sonho. E voou, voou, voou. Perdeu conta do tempo. Em certo momento ele não sabia se subia, se tombava. Seus sentidos se enrolaram uns nos outros. Desmaiou? Ou sonhou que sonhava? Certo é que seu corpo foi sacudido pelo embate de um outro corpo.

E pousou naquela terra da lua, imensa savana pétrea. A ave contemplou aquela extensão de luz e ficou esperando a noite para adormecer. Mas noite nenhuma chegou. Na lua não faz dia nem noite. É sempre luz. E o pássaro cansado de sua vigília quis voltar à terra. Bateu as asas mas não viu seu corpo se suspender. As asas se tinham convertido em luar. Com o bico desalisou as penas. Mas penas já nem eram: agora, simples reflexos, rebrilhos de um sol coado. O pássaro lançou seu grito, esses que deflagrava antes de se erguer nos céus. Mas sua voz ficou na intenção. A ave estava emudecida. Porque na lua o céu é quase pouco. E sem céu não existe canto.

Triste, ela chorou. Mas as lágrimas não escorreram. Ficaram pedrinhas na berma da pálpebra, cristais de prata. A avezita estava cativa da lua, aprisionada em seu próprio sonho. Foi então que ela escutou uma voz feita de ecos. Era a própria carne da lua falando:

— *Eu sonhei que tu vinhas cantar-me.*
— *E porquê me sonhaste?*
— *Porque aqui não há voz vivente.*
— *Eu também sonhei que haveria de pousar em ti.*
— *Eu sei. Agora vais cantar em luar. Eu sonhei assim e nenhum sonho é mais forte que o meu.*

É assim que ainda hoje se vê, lá na prata da lua, a pupila estrelinhada do passarinho sonhador. E nenhuma criatura, a não ser a noite, escuta o canto da avezinha enluarada. Sobre as primeiras folhas da madrugada, tombam gotas de cacimbo. São lagriminhas do pássaro que sonhou pousar na lua.

— *E depois, pai?*

Velho com jardim
nas traseiras do tempo

No Jardim Dona Berta há um banco. O único que resta. Os outros foram arrancados, vertidos em tábua avulsa para finalidades de lenha. Nesse restante banco mora um velho. Cada noite, os dois se encostam mutuamente, assento e homem, madeira e carne. Dizem que o velho já tem a pele às listas, formatadas no molde das tábuas, seu externo esqueleto. O idoso recebeu um nome: Vlademiro. Ganhou o nome da avenida que ali passa, rasando-lhe a solidão: a Vladimir Lenine.

Soube hoje que vão retirar o banco para ali instalar um edifício bancário. A notícia me desabou: o jardinzinho era o último mundo do meu amigo, seu derradeiro refúgio. Decidi visitar Vlademiro, em missão de coração.

— *Triste? Quem disse?*

Espanto meu: o homem estava eufórico com a notícia. Que um banco, desses das finanças, todo estabelecimentado, era um valor maior. Já lhe haviam dito da sua dimensão, dava bem para ele dormir mais seu bicho de estimação. E mesmo quem sabe ele encontrasse emprego lá? Nem que fosse nos canteiros em volta. Afinal, ele transitava de seu banco de jardim para um jardim de banco.

— *Ando de banco para Banco.*

Risada triste, descolorida. Não tardaria a escurecer. Quando baixasse a noite, Vlademiro se atafundaria em bebida, restos deixados em garrafas. Já bêbado ele atravessaria a noite, a modos de caranguejo. Do outro lado da avenida estão as putas. As prostiputas, como ele chama. Conhece-as a todas pelos nomes. Quando não tem clientes elas se adentram pelo jardim e sentam junto dele. Vlademiro lhes conta suas aldrabices e elas tomam a baboseira dele por cantos de embalar. Às vezes, escuta as noturnas menininhas gritar. Alguém lhes bate. O velho, impotente, se afunda entre os braços, interdito aos pedidos de socorro enquanto pede contas a Deus.

— *Deus está bom de mais, já não castiga ninguém.*

Vlademiro foi ganhando familiaridades com o todo-potente. Me admira esse tu-cá-tu-lá com o divino. Vlademiro já foi um beato, todo e totalmente. Mas o velho tem explicação: à medida que envelhecemos vamos entrando em intimidades com o sagrado. É que vamos abatendo no medo. Quanto mais sabemos menos cremos? Ele não sabe, nem crê. Às vezes até se pergunta:

— *Deus ficou ateu?*

Será que o velho vive isento de medos? Assim, sozinho, sem morada própria. Ele me contesta, neste ponto:

— *Morada própria? Alguém tem morada mais própria?*

Às vezes, doente, sente a morte rondar o jardim. Mas Vlademiro sabe de truques, troca as voltas àquela que o vem levar. Mesmo batendo o dente, febrilhante, ele canta, voz trémula, faz conta que é mulher. As mulheres, diz, demoram mais para morrer.

— *A morte gosta muito de ouvir cantar. Se distrai de mim e dança.*

E assim em jogo de desagarra-esconde. Até que, um dia, a morte se adiante e cante primeiro. Mas ela terá que insistir para o desaninhar. Vlademiro está bem acolchoado no banco. E clama que ainda não tem idade. Velhos são aqueles que não visitam as suas próprias variadas idades.

No enquanto, Vlademiro vai dormindo leve e pouco. Despertador dele é um sapo. Dorme com o batráquio amarrado pela perna. E adianta, sério: o bicho é amarrado apenas para impedimento de voagem.

— *Sapo não voa porque deixou entrar água no coração.*

Agora, tudo vai terminar. Vão demolir o jardinzinho, a cidade vai ficar mais urbana, menos humana. Esse é o motivo da minha visita ao velho. Regresso ao que ali me levou:

— *Diga-me, sobre isto do banco: você está mesmo contente?*

Vlademiro demora. Está procurando a melhor das verdades. O riso esvanece no rosto.
— *Tem razão. Esta minha alegria é mentira.*
— *Porquê, então, você faz de conta?*
— *Nunca eu lhe falei de minha falecida?*
Acenei que não. O velho me conta a história de sua mulher que morreu, em lentidão de sofrimento. Doença pastosa, carcomedora. Ele todo o dia se empalhaçava frente a ela, fazia graças para espantar desgraças. A mulher ria, quem sabe com pena da bondade do homem. De noite, quando ela dormia é que ele chorava, desamparado, doido-doído.
— *É como agora: só choro quando o jardim já dormiu...*
Meu braço fala sobre o seu ombro. É adeus. Regresso de mim para um abandono maior. Atrás, fica Vlademiro, a avenida e um jardim onde resta um banco. O último banco de jardim.

O viúvo

O arrepio nos mostra como a febre se parece com o frio. E é com arrepio que lembro o goês Jesuzinho da Graça, nascido e decrescido em Goa, ainda em tempos de Portugal. Veio com a família para Moçambique nos meados da meninice. Como aos outros goeses lhe perjuravam de caneco. Ele a si mesmo se chamava de Indo-Português. Lusitano praticante, se desempenhou até à Independência como chefe dos serviços funerários da Câmara Municipal. Seu obscuro gabinete: a vida se poupava a ali entrar. O goês era antecamarário da Morte? Só uma graça ele se permitia. À saída do escritório, o funcionário se virava para os restantes e fatalmente repetia:

— *Ram-ram!*

Há-de morrer nesse ramerrão, comentavam os colegas. E reprovavam com a cabeça: o caneco não mata nem diz ata. Jesuzinho Graça se ria, no desentendimento. "Ram-ram" era a despedida em concanim, língua de seus antepassados indianos.

Vivia nesse constante apagar-se de si, discreto como abraço da trepadeira. Para ele o simples existir já era abusiva indiscrição. O caneco molhava o dedo no tempo e ia virando as páginas, com método e sem ruído. A unha do mindinho se compridara tanto, que o dedo se tornara simples acessório.

— *A unha? É para virar a papelada* — respondia ele.

Aquela unha era o *mouse* dos nossos atuais computadores. O dito apêndice era motivo de zanga conjugal. A esposa o advertia:

— Com essa garra você nem pense em me festejar!

Jesuzinho da Graça resistia a todos os protestos:

— *Pela unha morre o lagarto!*

Em tudo o resto era singelo e pardo como selo fiscal. Misantrôpego, fleumaníaco, com vergonha até de pedir licenças, Jesuzinho assistiu, de coração encolhido, à turbulenta chegada da História. A Independência despontou, a bandeira da nação se cravou na alegria de muitos e nos temores do caneco. Aterrado, ele se sentou nas proletárias reuniões onde anunciaram a operação para "escangalhar o Estado". A si mesmo se perguntava — a justiça se faz por mão de injustos? Impávido e longínquo, Jesuzinho atendeu à sua despromoção, à mudança de gabinete. Todavia, o Oriente se limitava à aparência. Por dentro, se assustava com os súbitos, os súbditos e os ditos da Revolução.

No silêncio da repartição ele ouvia as louças do mundo se estilhaçando. Entrava em casa e o mesmo malvoroço o perseguia. Ainda lograva pestanejar um sorriso quando os discursos anunciavam: "a Vitória é Certa!". Tocava o ombro da mulher e dizia:

— *Vê como você é certificada, Vitorinha?*

Se Jesuzinho era sombra, a esposa Vitória era crepúsculo dessa sombra. No terceiro aniversário da Independência, no preciso momento em que clamavam os jargões revolucionários, Vitória ficou certa para sempre. A goesa fechou nos olhos o olhar. Sob a parede do crucifixo, o funcionário a cobriu de lençol e rezas. Findava ali a única família, o único mundo de Jesuzinho da Graça.

Nos seguintes meses, o viúvo manteve o comportamento. Jesuzinho era como a formiga que nunca descarreira? Única diferença: agora se demorava entre o ali e o acolá. E com o demorar da solidão ele foi entrando na bebida. O jovem empregado doméstico lhe perguntava a medo:

— *O senhor não tem parenteamento com ninguém?*

Jesuzinho apontava a garrafa de aguardente. Aquele era o seu parente por via do pai. Depois, se lembrava e apontava o crucifixo na parede.

— *Essoutro, ali na parede, é via da mãe.*

De improvável a vida é uma goteira pingando ao avesso. Aos poucos, o goês deu sinais de maior desarranjo: as horas se perdiam dele. Funcionário do zelo, eterno cumpridor de regulamento, deixou de espremer o mata-borrão sobre os escritos de sua lavra. Saudades de um tempo em que o mundo era dócil, autenticável em vinte e cinco linhas?

Mas mesmo em suas inatitudes ele mantinha aprumo. Terças-feiras era dia de bebedeira, sua única combinação com o tempo. Ia para o bar, transitava lentamente para dentro do copo, espumava as agonias. Chegava tarde a casa, desalinhado mas sempre cuidando do fato branco. Se postava no canapé, acendia o cigarro — que diria a falecida? — e puxava o cinzeiro de pé alto, passando as mãos pelo ébano torneado. Trançava ainda o cabelo de Vitória? Depois, fazia estalar a unha nas unhas e chamava:

— *Piquinino: ande dissepertar gravata.*

O empregado acorria a lhe aliviar a garganta. Lhe despescoçava a camisa e entornava uns pós-de-talco sobre a camisola interior. Desfeito o nó e já ele estava disposto ao sono. Serviço do moço era ficar vigiando o descanso do patrão.

Aqueles sonos eram sobressalteados. Passava uma frestinha de tempo e o caneco gritava pela falecida. Sua mão trémula apanhava o telefone, ligava para os céus. Era então que estreava a mais nobre função de Piquinino: fingir-se dela, imitar voz e suspiros da extinta.

— *Vucê qui está pagar chamada, Vitorinha. Aí, no céu, tudo sai mais barato.*

O empregadito se esforçava em aflautinar a voz, copiando os esganiços de Vitorinha. Acabadas as conversas, o empregado copiava os modos da antiga senhora e brilhantinava os cabelos do patrão, acertando a risca em diagonal no cabelo.

Todavia e à medida do tempo, o moço se foi tomando de terrores. Ele se interrogava: imitar mortos? Brincar assim com espíritos só podia trazer castigo. Foi consultar o pai, pedir vantagem de um conselho. O velhote concordou: deixe o homem, fuja disso. E foi desenrolando sabedorias: quantos lados tem a terra para o camaleão? Os mortos sabe-se lá para quem estão olhando? O outro mundo é muitíssimo infinito: não há falecido que não seja da nossa família.

E o miúdo regressou decidido a nunca mais se prestar a aparições. Terça-feira chegou e o patrão, nessa noite, não saiu a rondar os bares. Parecia abatido, doente. Ficou deitado no sofá da sala, olhando para muito nada. Chamou o empregadito e lhe pediu que se transvestisse de Vitória. O miúdo nem respondeu. Surpreso, Jesuzinho ficou a papagaiar baixinho. E se passaram momentos. Até que o jovem serviçal percebeu que o patrão chorava. Se debruçou sobre ele e viu que ladainhava o mesmo de sempre:

— *Vitorinha!*

O empregado ficou estático. O patrão que implorasse que ele não avançaria um pé. O caneco, afinal, estava bêbado. O hálito não deixava dúvidas. Mas como, se não lhe vira a beber? Tivesse ou não emborcado, o certo é que ele transbordava babas e suspiros. Estava nesse devaneio quando murmurou as mais estranhas palavras: queria encontrar a esposa já devidamente desunhado. Entregando o braço no colo do empregado, implorou:

— *Me corte a unha, Piquinino!*

No dia seguinte, encontraram o empregado, imóvel

junto à poltrona do patrão. O que o moço falou foi para ninguém deitar crédito. O seguinte: mal começou a cortar o rente da unha, o patrão se desvaneceu, como fumo de incenso. E a unha está onde, pá? O miúdo debruçou-se sobre o soalho e levantou o que, por instante, pareceu ser uma desflorida pétala. Sorriu, lembrando o patrão. E exibiu a derradeira extremidade da sua humanidade.

A menina sem palavra

(segunda estória para a Rita)

A menina não palavreava. Nenhuma vogal lhe saía, seus lábios se ocupavam só em sons que não somavam dois nem quatro. Era uma língua só dela, um dialeto pessoal e intransmixível? Por muito que se aplicassem, os pais não conseguiam percepção da menina. Quando lembrava as palavras ela esquecia o pensamento. Quando construía o raciocínio perdia o idioma. Não é que fosse muda. Falava em língua que nem há nesta atual humanidade. Havia quem pensasse que ela cantasse. Que se diga, sua voz era bela de encantar. Mesmo sem entender nada as pessoas ficavam presas na entonação. E era tão tocante que havia sempre quem chorasse.

Seu pai muito lhe dedicava afeição e aflição. Uma noite lhe apertou as mãozinhas e implorou, certo que falava sozinho:

— *Fala comigo, filha!*

Os olhos dele deslizaram. A menina beijou a lágrima. Gostoseou aquela água salgada e disse:

— *Mar...*

O pai espantou-se de boca e orelha. Ela falara? Deu um pulo e sacudiu os ombros da filha. *Vês, tu falas, ela fala, ela fala!* Gritava para que se ouvisse. *Disse mar, ela disse mar,* repetia o pai pelos aposentos. Acorreram os familiares e se debruçaram sobre ela. Mas mais nenhum som entendível se anunciou.

O pai não se conformou. Pensou e repensou e elabolou um plano. Levou a filha para onde havia mar e mar depois do mar. Se havia sido a única palavra que ela articulara em toda a sua vida seria, então, no mar que se descortinaria a razão da inabilidade.

A menina chegou àquela azulação e seu peito se definhou. Sentou-se na areia, joelhos interferindo na paisagem. E lágrimas interferindo nos joelhos. O mundo que ela pretendera infinito era, afinal, pequeno? Ali ficou simulando pedra, sem som nem tom. O pai pedia que ela voltasse, era preciso regressarem, o mar subia em ameaça.

— *Venha, minha filha!*

Mas a miúda estava tão imóvel que nem se dizia parada. Parecia a águia que nem sobe nem desce: simplesmente, se perde do chão. Toda a terra entra no olho da águia. E a retina da ave se converte no mais vasto céu. O pai se admirava, feito tonto: por que razão minha filha me faz recordar a águia?

— *Vamos filha! Caso senão as ondas nos vão engolir.*

O pai rodopiava em seu redor, se culpando do estado da menina. Dançou, cantou, pulou. Tudo para a distrair. Depois, decidiu as vias do facto: meteu mãos nas axilas dela e puxou-a. Mas peso tão toneloso jamais se viu. A miúda ganhara raiz, afloração de rocha? Desistido e cansado, se sentou ao lado dela. Quem sabe cala, quem não sabe fica calado? O mar enchia a noite de silêncios, as ondas pareciam já se enrolar no peito assustado do homem. Foi quando lhe ocorreu: sua filha só podia ser salva por uma história! E logo ali lhe inventou uma, assim:

Era uma vez uma menina que pediu ao pai que fosse apanhar a lua para ela. O pai meteu-se num barco e remou para longe. Quando chegou à dobra do horizonte pôs-se em bicos de sonhos para alcançar as alturas. Segurou o astro com as duas mãos, com mil cuidados. O planeta era leve como um baloa.

Quando ele puxou para arrancar aquele fruto do céu se escutou um rebentamundo. A lua se cintilhaçou em mil estrelinhações. O mar se encrispou, o barco se afundou, engolido num abismo. A praia se cobriu de prata, flocos de luar cobriram o areal. A menina se pôs a andar ao contrário de todas as direções, para lá e para além, recolhendo os pedaços lunares. Olhou o horizonte e chamou:

— *Pai!*

Então, se abriu uma fenda funda, a ferida de nascença da própria terra. Dos lábios dessa cicatriz se derramava sangue. A água sangrava? O sangue se aguava? E foi assim. Essa foi uma vez.

Chegado a este ponto, o pai perdeu voz e se calou. A história tinha perdido fio e meada dentro da sua cabeça. Ou seria o frio da água já cobrindo os pés dele, as pernas de sua filha? E ele, em desespero:

— *Agora, é que nunca.*

A menina, nesse repente, se ergueu e avançou por dentro das ondas. O pai a seguiu, temedroso. Viu a filha apontar o mar. Então ele vislumbrou, em toda extensão do oceano, uma fenda profunda. O pai se espantou com aquela inesperada fratura, espelho fantástico da história que ele acabara de inventar. Um medo fundo lhe estranhou as entranhas. Seria naquele abismo que eles ambos se escoariam?

— *Filha, venha para trás. Se atrase, filha, por favor...*

Ao invés de recuar a menina se adentrou mais no mar. Depois, parou e passou a mão pela água. A ferida líquida se fechou, instantânea. E o mar se refez, um. A menina voltou atrás, pegou na mão do pai e o conduziu de rumo a casa. No cimo, a lua se recompunha.

— *Viu, pai? Eu acabei a sua história!*

E os dois, iluaminados, se extinguiram no quarto de onde nunca haviam saído.

O derradeiro eclipse

Justinho Salomão era ratazanado pela dúvida sem método. O homem sofria de ser marido, lhe pesavam as frias sombras da desconfiança. A mulher, Dona Acera, é linda de fazer crescer bocas, águas e noites. Devorado pelo ciúme, Justinho emagrecia a pontos de tutano. Lastimagro, cancromido, ele para se enxergar precisava procurar-se por todo o espelho. Justinho fazia comichão às pulgas. Um dia, o padre o avisou à saída da missa:

— *Seja prestável na atenção, Justinho: sua alma é como um fumo que não tem lugar onde caiba.*

Raios picassem o padre que nunca falava direito. O que o sacerdote sabia era do domínio incomum: Acera era demasiado mulher para esposa. Justinho suspeitava mais dos argumentos que dos factos. Seria a esposa mais desleal que um segredo? A resposta era sombra sem luz nem objeto. Em véspera de viagem, a suspeição do marido se agravava. Desta vez, um longo serviço de visitações o vai obrigar a geográfica ausência. Acera recebe, tristonha, a notícia:

— *Quanto tempo você me vai sozinhar?*

Um mês. A mulher contorce o bâton, abana as mechas. Até uma lágrima lhe crocodileja a pálpebra. O marido ainda mais se aflige perante tanto inconsolo. Será verdade ou conveniência de fingimento? Quem, tão novo, guelra tão ensanguentada, pode se aguentar em guardos de fidelidade? Na véspera de partir, o marido se decidiu certificar em garantia de lealdade. Primeiro se dirigiu à Igreja e solicitou socorro do padre português. O religioso torce as mãos, reticente e, como era hábito, barateou filosofia:

— *Bem, não sei. Para cruzar as pernas é preciso que haja duas...*

— *Duas quê?*

— *Duas pernas, ora essa.*

E prosseguiu divagando, água em líquidos carreiros. Justinho esperava que o sacerdote o tranquilizasse. Lhe dissesse, por exemplo: vai em paz, você está bem casado, mais anelado que Saturno. Mas não, o padre ondulava a testa de suposições.

— *Não sei, não. Quem mais espreita não é o próprio sol?*

— *Explique-se melhor, senhor padre.*

— *Quer que seja mais claro? Me responda, então: onde o chão está mais limpo não é em casa de mortos?*

Justinho não respondeu. Voltou costas e saiu da igreja. Ainda se afastava e a voz irada do padre se fez ouvir:

— *Já sei para onde vais, criaturazita. Vais ter com o feiticeiro! Mas verás o que os meus poderes, aliás os poderes divinos, irão fazer com esse bruxo tropical!*

Um arrepio ainda atravessou Justinho. Mas ele não toldou passo no caminho para o feiticeiro e pediu que lhe assegurasse. Heresia bater nos ambos lados da porta? Se um mortal tem mais que um deus-pai não pode ter mais que uma crença?

— *Isso não posso. Vontade de mulher está acima dos meus poderes. Posso, sim, destinar castigo nos abusadores.*

— *E como?*

— *Hei-de tratar sua casa.*

E foi executado o tratamento: uma pequena cabaça à entrada da residência de madeira e zinco. Desrespeitoso que entrasse haveria de sofrer muitas consequências. O marido ainda tem acanhamento na consciência:

— *Eles... eles irão morrer?*

O feiticeiro ri-se. O que iria suceder eram inchaços e gases, tudo inflando as entranhas do culposo intrometedor. No final dos serviços e depois de saldadas as contas, o feiticeiro hesita no momento da despedida:

— *Você, antes de mim, consultou o senhor padre? E ele o que disse de mim?*

Justinho subiu as omoplatas, fosse um assunto superior a suas competências. O feiticeiro virou costas e se afasta, enquanto comenta:

— *Esse padre ainda vai chorar como a galinha.*

Conhece a história da galinha que comeu o colar das missangas só para a outra galinha não usar?

Passaram-se dias e Justinho lá partiu. A viagem demora mais que ele pretende. Quando regressa, a mulher está à espera dele, à entrada. Vestido do gosto dele, penteada a presente, corpo todo na conveniência do marido. Até o botão cimeiro está desempregado, distraído sobre o decote. Acera, toda ela, está às ordens da saudade dele. Se engolfinham, enredando pernas nos suspiros, confundindo lábios e suores, vidas e corpos.

Cumpridos os compridos amores Justinho se estira na cama, consolado. Fecha os olhos, menino após o seio. Depois, olha para cima e é fulminado por uma visão: dois homens flutuam de encontro ao teto. Estão redondos, insuflados como balões.

— *Mulher quem é aquilo?*
— *Que aquilo?*

Levanta-se em gesto de lâmina e se espanta ainda mais ao reconhecer os desditosos ditos. E quem eram? O padre e o feiticeiro. Esses mesmos a que Justinho confiara a guarda de sua esposa. Esses mesmos estavam ali perspregados no teto.

— *Vocês, logo vocês?*
— *Marido, está falar com quem?*

Gaguejadiço o marido aponta o teto. A mulher acredita que ele está em ataque de religiosidade, aspirando proximidades com o céu. Justinho insanou-se, epilétrico?

Acera ainda correu atrás do tresloucado marido. Mas o homem, de venta peluda, se eclipsou pelo escuro. Nem demorou: voltou com testemunhas. Fez introduzir uns tantos no quarto e apontou os autores do flagrante. Os outros ficaram, parvos da cara, sem nada vislumbrarem. Só Justinho via os voáveis amantes de sua mulher. E lhe explicam o padre e o feiticeiro não são possíveis ali. Eles se ausentaram em breve excursão à cidade. Todos os viram partir, todos lhes acenaram à saída do machimbombo.

Os vizinhos lhe asseguram os bons comportamentos de Acera. Despedem-se, cuidando de o seguir, doente que estava o viajante. Dava até azar ter um desvairado daqueles no lugar. Mesmo o enfermeiro reformado lhe trouxe uns comprimidos de arrefecer o sangue. Justinho aceitou ficar estendido, a apurar descansos. Dava forma à cabeça, ajustava o pensamento à existência.

E todos e tanto insistiram que ele deixou de ver gente suspensa no teto. Aos poucos se libertou das visões, manufaturas de suas ciumeiras. Noites há em que, de sobressalto, se levanta. Escuta risos. O padre e o feiticeiro se divertem à sua custa? Escuta melhor: não é gargalhada, é um pranto, um pedido de socorro. Incapazes de descer, os homens aprisionados no tecto lhe pedem uma aguinha, migalha de entreteter fome e sede. Os pobres já são só ar e osso.

A voz de Acera o traz à realidade: *venha marido, se deite. Se acalme. Não quer dormir comigo? Durma em mim, então. Não me quer atravessar? Me use de travesseiro. Isso, descanse, meu amor.* E o tempo passava, compondo semana e mais semana. Justinho não melhora. Mais e mais escuta as lamentações dos dois que agonizam dentro das suas paredes.

Até que, uma noite, ele acordou estremunhado. Não eram já os gemidos dos moribundos mas uma estrangeira acalmia. Olhou por entre o escuro e viu Acera vagueando, o pé pedindo licença ao silêncio. O marido nem se mexeu, desejoso de decifrar a misteriosa deambulação da mulher. Então ele viu que Acera subia para um banco e, com um cordel, amarrava o padre e o feiticeiro pela cintura. E assim, atados como balões, ela os transportou para fora de casa. No quintal, Acera limpou no rosto do padre uma lágrima e beijou a face do feiticeiro. Depois, largou os cordéis e os dois insufláveis começaram a subir pelos ares, atravessando nuvens e extinguindo-se no céu e nas pupilas espantadas de Justinho Salomão.

Nessa noite, os habitantes da vila assistiram à lua se obscurecer naquilo que viria a ser um derradeiro e permanente eclipse.

A carteira de crocodilo

A Senhora Dona Francisca Júlia Sacramento, esposa do governador-geral, excelenciava-se pelos salões, em beneficentes chás e filantrópicas canastas. Exibia a carteirinha que o marido lhe trouxera das outras Áfricas, toda em substância de pele de crocodilo. As amigas se raspavam de inveja, incapazes de disfarce. Até a bílis lhes escorria pelos olhos. Motivadas pela desfaçatez, elas comentavam: o bichonho, assim tão desfolhado, não teria sofrido imensamente? Tal dermificina não seria contra os católicos mandamentos?
— *E com o problema das insolações, o bicho, assim esburacado, apanhando em cheio os ultravioletas...*
— *Cale-se, Clementina.*
Mas o governador Sacramento também se havia contemplado a ele mesmo. Adquirira um par de sapatos feitos com pele de cobra. O casal calçava do reino animal, feitos pássaros que têm os pés cobertos de escamas. Certo dia, uma das nobres damas trouxe a

catastrágica novidade. O governador-geral contraíra grave e irremediável viuvez. A esposa, coitada, fora comida inteira, incluído corpo, sapatos, colares e outros anexos.
— *Foi comida mas... pelo marido, supõe-se?*
— *Cale-se, Clementina.*
Mas qual marido? Tinha sido o crocodilo, o monstruoso carnibal. Que horror, com aqueles dentes capazes de arrepiar tubarões.
— *Um crocodilo no Palácio?*
— *Clemente-se, Clementina.*
O monstro de onde surgira? Imagine-se, tinha emergido da carteira, transfigurado, reencarnado, assombrado. Acontecera em instantâneo momento: a malograda ia tirar algo da mala e sentiu que ela se movia, esquiviva. Tentou assegurá-la: tarde e de mais. Foi só tempo de avistar a dentição triangulosa, língua amarela no breu da boca. No resto, os testemunhadores nem presenciaram. O sáurio se eminenciou a olhos imprevistos.

E o governador, sob o peso da desgraça? O homem ia de rota abatida. Lágrimas catarateavam pelo rosto. O dirigente recebeu o desfile das condolências. Vieram íntimos e ilustres. A todos ele cumprimentou, reservado, invisivelmente emocionado. Os visitantes se juntaram no nobre salão, aguardando palavras do dirigente. O governador avançou para o centro e anunciou não o luto mas, espantem-se cristãos, a inadiável condecoração do crocodilo. Em nome da protecção das espécies, explicou. A bem da ecologia faunística, acrescentou.

No princípio, houve relutâncias, demoras no enten-

dimento. Mas logo os aplausos abafaram as restantes palavras. O que sucedeu, então, foi o inacreditável. O governador Sacramento suspendeu a palavra e espreitou o chão que o sustinha. Pedindo urgentes desculpas ele se sentou no estrado e se apressou a tirar os sapatos. Entre a audiência ainda alguém vaticinou:
— *Vai ver que os sapatos se convertem em cobra...*
— *Clementina!*
Sucedeu exactamente o inverso. O ilustre nem teve tempo de desapertar os atacadores. Perante um espanto ainda mais geral que o título do governador, se viu o honroso indignitário a converter-se em serpente. Começou pela língua, afilada e bífida, em rápidas excursões da boca. Depois, se lhe extinguiram os quase totais membros, o homem, todo ele, um tronco em flor. Caiu desamparado no mármore do palácio e ainda se ouviu seu grito:
— *Ajudem-me!*
Ninguém, porém, avivou músculo que fosse. Porque, logo e ali, o mutante mutilado, em total mutismo, se começou a enredar pelo suporte do microfone. Enquanto serpenteava pelo ferro ele se desnudava, libertadas as vestes como se foram uma desempregada pele. O governador finalizava elegâncias de cobra. O ofídio se manteve hasteado no microfone, depois largou-se. Quando se aguardava que se desmoronasse, afinal, o governador encobrado desatou a caminhar. Porque de humano lhe restavam apenas os pés, esses mesmos que ele cobrira de ornamento serpentífero.
— *Não aplauda, Clementina, por amor de Deus!*

Falas do velho tuga

Quer que eu lhe fale de mim, quer saber de um velho asilado que nem sequer é capaz de se mexer da cama? Sobre mim sou o menos indicado para falar. E sabe porquê? Porque estranhas névoas me afastaram de mim. E agora, que estou no final de mim, não recordo ter nunca vivido.

Estou deitado neste mesmo leito há cinco anos. As paredes em volta parecem já forrar a minha inteira alma. Já nem distingo corpo do colchão. Ambos têm o mesmo cheiro, a mesma cor: o cheiro e cor da morte. Morrer, para mim, sempre foi o grande acontecimento, a surpresa súbita. Afinal, não me coube tal destino. Vou falecendo nesta grande mentira que é a imobilidade.

Também eu amei uma mulher. Foi há tempo distante. Nessa altura, eu receava o amor. Não sei se temia a palavra ou o sentimento. Se o sentimento me parecia insuficiente, a palavra soava a demasiado. Eu a desejava, sim, ela inteira, sexo e anjo, menina e mulher. Mas tudo isso foi noutro tempo, ela era ainda de tenrinha idade.

Este lugar é a pior das condenações. Já nem as minhas lembranças me acompanham. Quando eu chamo por elas me ocorrem pedaços rasgados, cacos desencontrados. Eu quero a paz de pertencer a um só lugar, a tranquilidade de não dividir memórias. Ser todo de uma vida. E assim ter a certeza que morro de uma só única vez. Mas não: mesmo para morrer sofro de incompetências. Eu deveria ser generoso a ponto de me suicidar. Sem chamar morte nem violentar o tempo. Simplesmente deixarmos a alma escapar por uma fresta.

Ainda há dias um desses rasgões me ocorreu por dentro. É que me surgiu, mais forte que nunca, esse pressentimento de que alguém me viria buscar. Fiquei a noite às claras, meus ouvidos esgravatando no vão escuro. E nada, outra vez nada. Quando penso nisso um mal-estar me atravessa. Sinto frio mas sei que estamos no pico do Verão. Tremuras e arrepios me sacodem. Me recordo da doença que me pegou mal cheguei a este continente.

África: comecei a vê-la através da febre. Foi há muitos anos, num hospital da pequena vila, mal eu tinha chegado. Eu era já um funcionário de carreira, homem feito e preenchido. Estava preparado para os ossos do ofício mas não estava habilitado às intempéries do clima. Os acessos da malária me sacudiam na cama do hospital apenas uma semana após ter desembarcado. As tremuras me faziam estranho efeito: eu me separava de mim como duas placas que se descolam à força de serem abanadas.

Em minha cabeça, se formavam duas memórias. Uma, mais antiga, se passeava em obscura zona, olhando os mortos, suas faces frias. A outra parte era nascente, reluzcente, em estreia de mim. Graças à mais antiga das doenças, em dia que não sei precisar, tremendo de suores, eu dava à luz um outro ser, nascido de mim.

Fiquei ali, na enfermaria penumbrosa, intermináveis dias. Uma estranha tosse me sufocava. Da janela me chegavam os brilhos da vida, os cantos dos infinitos pássaros. Estar doente num lugar tão cheio de vida me doía mais que a própria doença.

Foi então que eu vi a moça. Branca era a bata em contraste com a pele escura: aquela visão me despertava apetites no olhar. Ela se chamava Custódia. Era esta mesma Custódia que hoje está connosco. Na altura, ela não era mais que uma menina, recém-saída da escola. Eu não podia adivinhar que essa mulher tão jovem e tão bela me fosse acompanhar até ao final dos meus dias. Foi a minha enfermeira naqueles penosos dias. A primeira mulher negra que me tocava era uma criatura meiga, seus braços estendiam uma ponte que vencia os mais escuros abismos.

Todas as tardes ela vinha pelo corredor, os botões do uniforme desapertados, não era a roupa que se desabotoava, era a mulher que se entreabria. Ou será que por não ver mulher há tanto tempo eu perdera critério e até uma negra me porventurava? Me admirava a secura daquela pele, o gesto cheio de sossegos, educado para maternidades. Enquanto rodava pelo meu leito eu tocava em seu corpo. Nunca acariciara tais carnes: polposas mas duras, sem réstia de nenhum excesso.

 Os dias passavam, as maleitas se sucediam. Até que, numa tarde, me assaltou um vazio como se não houvesse mundo. Ali estava eu, na despedida de ninguém. Olhei a janela: um pássaro, pousado no parapeito, recortava o poente. Foi nesse pôr do sol que Custódia, a enfermeira, se aproximou. Senti seus passos, eram passadas delicadas, de quem sabe do chão por andar sempre descalço.

 — *Eu tenho um remédio* — disse Custódia. — *É um medicamento que usamos na nossa raça. O Senhor Fernandes quer ser tratado dessa maneira?*

 — Quero.

 — *Então, hoje de noite lhe venho buscar.*

 E saiu, se apagando na penumbra do corredor. Como em caixilho de sombra a sua figura se afastava, imóvel como um retrato. Na janela, o pássaro deixou de se poder ver. Adormeci, doído das costas, a doença já tinha aprisionado todo meu corpo. Acordei com um sobressalto. Custódia me vestia uma bata branca, bastante hospitalar.

 — *Onde vamos?*

 — *Vamos.*

 E fui, sem mais pergunta, tropeçando pelo corredor. Dali parei a tomar fôlego e, encostado na umbreira da porta, olhei o leito onde lutara contra a morte. De repente, estranhas visões me sobressaltaram: deitado, embrulhado nos lençóis, estava eu, desorbitado. Meus olhos estavam sendo comidos pelo mesmo pássaro que atravessara o poente. Gritei *Custódia, quem está na minha cama?* Ela espreitou e riu-se:

— *É das febres, ninguém está lá.*

Fui saindo, torteando o passo. Afastámo-nos do hospital, entrámos pelos trilhos campestres. Naquele tempo, as palhotas dos negros ficavam longe das povoações. Caminhava em pleno despenhadeiro, o pequeno trilho resvalava as infernais e desluzidas profundezas. Me perdi das vistas, mais tombado que amparado nesse doce corpo de Custódia. Voltei a acordar como se subisse por uma fresta de luminosidade. Aquela luz fugidia me pareceu, primeiro, o pleno dia.

Mas depois senti o fumo dessa ilusão. O calor me confirmou: estava frente a uma fogueira. O calor da cozinha da minha infância me chegou. Escutei o roçar de longas saias, mulheres mexendo em panelas. Saí da lembrança, dei conta de mim: estava nu, completamente despido, deitado em plena areia.

— *Custódia!* — chamei.

Mas ela não estava. Somente dois homens negros baixavam os olhos em mim. Me deu vergonha ver-me assim, descascado, alma e corpo despejados no chão. Malditos pretos, se preparavam para me degolar? Um deles tinha uma lâmina. Vi como se agachava, o brilho da lâmina me sacudiu. Gritei: aquela era a minha voz? Me queriam matar, eu estava ali entregue às puras selvajarias, candidato a ser esquartejado, sem dó na piedade. Me desisti, desvalente, desvalido. De nada lucrava recusar os intentos do negro. O homem cortou-me, sim. Mas não passou de uma pequena incisão no peito. Sangrei, fiquei a ver o sangue escorrer, lento como um rio receoso.

Um dos homens falou em língua que eu desconhecia, seus modos eram de ensonar a noite, a voz parecia a mão de Custódia quando ela me empurrava para o sonho. Voltei a deitar-me. Só então reparei que havia uma lata contendo um líquido amarelado. Com esse líquido me pintavam, em besuntação danada. Depois, me ajeitaram o pescoço para me fazerem beber um amargo licor. Choravam, pareceu-me de início. Mas não: cantavam em surdina. Dores de morrer me puxavam as vísceras. Vomitei, vomitei tanto que parecia estar-me a atirar fora de mim, me desfazendo em babas e azedos. Cansado, sem fôlego nem para arfar, me apaguei.

No outro dia, acordei, sem estremunhações. Estava de novo no hospital, vestido de meu regulamentar pijama. Qualquer coisa acontecera? Eu tinha saído em deambulação de magias, rituais africanos? Nada parecia. Verdade era que eu me sentia bem, pela primeira vez me chegavam as forças. Me levantei como uma toupeira saída da pesada tampa do escuro. Primeira coisa: fui à janela. A luz me cegou. Podia haver tantas cores, assim tão vivas e quentes?

Foi então que eu vi as árvores, enormes sentinelas da terra. Nesse momento aprendi a espreitar as árvores. São os únicos monumentos em África, os testemunhos da antiguidade. Me diga uma coisa: lá fora ainda existem? Pergunto sobre as árvores.

Quer saber mais? Agora estou cansado. Tenho que respirar muito. Há tanto tempo que eu não falava assim, às horas de tempo. Não vá ainda, espere. Vamos fazer uma combinação: você divulga estas minhas palavras lá no jornal de Portugal — como é que se chama mesmo o tal jornal? — e depois me ajuda a procurar a minha família. É que sabe: eu só posso sair daqui pela mão deles. Senão, que lugar terei lá no mundo? Traga-
-me um qualquer parente. Quem sabe, depois disso, ficamos mesmo amigos. Você sabe como eu confirmo que estou ficando velho? É da maneira que não faço mais amigos. Aqueles de que me lembro são os que eu fiz quando era novo. A idade nos vai minguando, já não fazemos novas amizades. Da próxima vez venha com um parente. Ou faça mesmo o senhor de conta que é meu familiar.

Governados pelos mortos

(fala com um descamponês)

— *Estamos aqui sentados debaixo da árvore sagrada da sua família. Pode-me dizer qual o nome dessa árvore?*
— Porquê?
— *Porque gosto de conhecer os nomes das árvores.*
— O senhor devia saber era o nome que a árvore lhe dá a si.
— *Depois de tanta guerra: como vos sobreviveu a esperança?*
— Mastigámo-la. Foi da fome. Veja os pássaros: foram comidos pela paisagem.
— *E o que aconteceu com as casas?*
— As casas foram fumadas pela terra. Falta de tabaco, falta de suruma. Agora só me entristonho de lembrança prematura. A memória do cajueiro me faz crescer cheiros nos olhos.
— *Como interpreta tanta sofrência?*

— Maldição. Muita e muito má maldição. Faltava só a cobra ser canhota.
— *E porquê?*
— Não aceitamos a mandança dos mortos. Mas são eles que nos governam.
— *E eles se zangaram?*
— Os mortos perderam acesso a Deus. Porque eles mesmos se tornaram deuses. E têm medo de admitir isso. Querem voltar a ser vivos. Só para poderem pedir a alguém.
— *E estes campos, tradicionalmente vossos, foram--vos retirados?*
— Foram. Nós só ficámos com o descampado.
— *E agora?*
— Agora somos descamponeses.
— *E bichos, ainda há aqui bichos?*
— Agora, aqui só há inorganismos. Só mais lá, no mato, é que ainda abundam.
— *Nós ainda ontem vimos flamingos...*
— Esses se inflamam no crepúsculo: são os inflamingos.
— *E outras aves da região. Pode falar delas?*
— Antes de haver deserto, a avestruz pousava em árvore, voava de galho em flor. Se chamava de arvorestruz. Agora, há nomes que eu acho que estão desencostados...
— *Por exemplo?*
— Caso do beija-flor. É um nome que deveria ser consertado. A flor é que levaria o título de beija--pássaros.

— *Mas outros animais não há?*
— A bichagem vai acabando. O mabeco, dito o cão-selvagem, vai sofrendo as humanas selvajarias. Antes de acabar a lição, ele já terá aprendido a não existir.
— *Parece desiludido com os homens.*
— O vaticínio da toupeira é que tem razão: um dia, os restantes bichos lhe farão companhia em suas subterraneidades. Eu acredito é na sabedoria do que não existe. Afinal, nem tudo que luz é besouro. É o caso do pirilampo. Pirilampo morre? Ou funde? Suas réstias mortais aumentam o escuro.
— *Tanta certeza na bicharada...*
— Você não olhou bem esse mundo de cá. Já viu pássaro canhoto? Camaleão vesgo? Papagaio gago?
— *Acredita em ensinamento de bichos?*
— Todo o caranguejo é um engenheiro de buracos. Ele sabe tudo de nada. Há outros, demais. O mais idoso é o escaravelhinho. Mas, de todos, quem anda sempre de janela é o cágado.
— *Você não sofre de um certo isolamento?*
— Sou homem abastecido de solidões. Uns me chamam de bicho-do-mato. Em vez de me diminuir eu me incho com tal distinção. Como antedisse: a gente aprende do bicho a não desperdiçar. Como a vespa que do cuspe faz a casa.
— *Mas a sua mulher não lhe faz companhia?*
— Ela é minha patrã. De vez em quando a gente dedilha uma conversa. É uma acompanhia, faz conta uma estação das chuvas. Mas a tradição nos manda:

com mulher a gente não pode intimizar. Caso senão acabamos enfeitiçados.

— *Uma última mensagem.*

— Não sei. Feliz é a vaca que não pressente que, um dia, vai ser sapato. Mais feliz é ainda o sapato que trabalha deitado na terra. Tão rasteiro que nem dá conta quando morre.

O indiano dos ovos de ouro

— *Lá vem Abdalah, o monhé da Muchatazina.*
Sabia-se que era ele, o próprio, pelo tilintar que saía do cuecão dele. Diziam que o gajo tinha ouro dentro dos tomates. Me desculpem a descortesia da palavra. Dizem, quem pode jurar? Os boatos viajam à velocidade do escuro. Façamos o gosto à voz: aceitemos que o monho tinha a tomatada recheada. Suponhamos que os ditos dele pesavam uns quilates. Se acredito, eu? Sei lá. Minha crença é um pássaro. Sou crente só em chuva que cai e esvai sem deixar prova.
Aceitei assim perseguir essa estória do Abdalah. Sou metido em alheiação, gosto do dito e do não dito. Me deram o caso para que lhe desvendasse os acasos. Cada crime mortífero esconde quantas vidas?
Sempre que há sangue as versões correm, em inventanias. O povo fabricou as mais múltiplas explicações. O monhé, sabendo da revolução, tinha transferido sua riqueza para os órgãos. Melhor banco que aquele?

Outra versão: tinha sido feitiço. Suspeitas maiores inclinavam em Sarifa Daúdo. Ela, com certeza. Mulher estranha, fechada em duas paredes, ela era origem da desformidade do indiano.

Me aconselharam começar por Sarifa, com quem o fulano tinha estreado amores. Sarifa era sua primeira prima, a quem ele deitou olho de mel. Dizem que primeiro namorisco vem sempre de primo e prima. Também eu rimei com elas, também as primas me deram primazias.

Me endereço a casa da moça. Continua solteira, é uma dor ver tal beleza sem prova nem proveito. Acompanho seus magros gestos, servindo o chá com que me anfitriou. Em certas mulheres nos encanta a concha, noutras o mar. Sarifa se tinha desmulherado, ela retirara o gosto do gesto. Agora, nem concha, nem mar.

Lhe peço, enfim, que fale de Abdalah. Agora, até seus olhos se vazam, negras espirais se enrolando em búzios. Mas a lembrança lá veio, chegada em vozícula quase insonora. Afinal, o namoro correra às maravilhas. O amor é como a vida: começa antes de ter iniciado. Mas o que é bom tem pressa de terminar. Sombra eterna só dentro do caracol. A moça era conflituosa, uma escaramoça? Nem por isso, ela tinha grandes habilidades de silêncio. O nó gordo estava nele, o Abdalah.

— *Mas porquê, Sarifa? Qual o motivo dele se desmotivar?*

Ela corrigiu uma lágrima no convexo da mão. O indiano batia-lhe? Lombava-a? Não, pelo menos não aparentava violências. Homem que morde não ladra? O senhor é capaz de encostar sofrimento em mulher?

— *Vou perguntar de novos modos: o senhor já amou uma mulher, com paixão de verdade e jura?*

Não me saiu nenhuma voz. Eu vinha ali despachar pergunta. Posto perante o espelho de uma interrogação me sentia como o lagarto que acha que os outros bichos é que são animais. Já à saída ainda escutei:

— *Foi tudo por causa do dinheiro.*

Desfiz um passo atrás. Mas ela não voltou a falar. Lavava as chávenas com espantável lentidão. Suas mãos acariciavam o vidro por onde eu havia bebido. Senti como se ela me tocasse os lábios e me retirei nesse embalo de ilusão.

Me dirigi para casa, sem vontade de caminho. Demorei em coisas nenhumas.

Nisto, uma estrelícia, simples flor, me deflagra os olhos. O vendedor me cativa a atenção, agitando a crista laranja da flor. Comprar? Para quê, para quem? Mas, sem saber, inexplicável, eu desbolso dinheiros. As mãos se ridicularizam com a intransitiva flor. Chego a casa e a flor se extravaganta ainda mais. Nunca eu tinha encenado flor em jarra.

Sentado, frente a uma cerveja deixo entrar em mim a voz: preciso é de mulher. Necessito de um acontecimento de nascência, uma lucinação. Careço de um lugar para esperar, sem tempo, sem mim. Devia haver um feminino para ombro. Porque ombra era o nome único que merecia o encosto daquela mulher.

Manhã seguinte, regressei a casa de Sarifa movido

não sei se por gosto de a rever se por obrigação de profissão. A mulher nem levantou cabeça: assim, olhos no chão me revelou sobre Abdalah. O homem só fazia amor, depois de espalhar por debaixo dos lençóis uma matilha de notas. Às vezes, eram meticais, outras randes. Só lhe vinham as quenturas quando, previamente, cumpria este ritual. Se deitava de costas, as mãos a acariciar o lençol, os olhos cifrando-se no infinito. Sarifa ficava com sentimento de que ela não existia. Com a desvalorização da moeda o ardor dele variava. Às vezes, demorava a ser homem, másculo e maiúsculo.

Uma noite, porém, não conseguiu. Começou-se a enervar. Levantou os lençóis, inspeccionou as notas. Lhe nasceu, então, a lancinante suspeita: as notas eram falsas. Alguém havia retirado as verdadeiras para, em seu lugar, espalhar imitações.

— *Sarifa, foi você?*

A prima, ao princípio, nem entendeu. Um murro carregado de raiva lhe enegreceu as vistas e aclarou o pensamento: havia suspeita sobre os dinheiros. O indiano bateu, rebateu. Sarifa ficou estendida. Vaziando sangue. Quem a apanhou no chão foi o tio Banzé, homem dado a espiritações. Refez a sobrinha, passou-lhe uma demão nas mazelas e correu a engasganar o indiano. *Você foi longe e de mais, meu velho. Você mistura amor e cifrão?*, lhe espetou o indicador na costela e ameaçou:

— *Pois eu lhe vou seguir os sonhos a ver o que vai sair deles!*

O desafio era o seguinte: tio Banzé iria visitar os próximos sonhos do indiano, nas dez seguintes noites. Caso dinheiro somasse mais que mulher então uma maldição recairia sobre Abdalah.

— *De Abdalah te transformo em abadalado!*

Não chegou a haver dez noites. Na sétima já o indiano sofria de um peso extra no baixo do ventre. O homem nunca mais visitou Sarifa, nunca mais amou nenhuma mulher. E agora, que ele perdeu acesso a namoros, seus sonhos se destinam unicamente em mulheres. O ouro lhe entrou nos ditos, a mulher lhe saiu dos devaneios. A punição do sonho é aquela que mais dói. Pergunte-se a Abdalah, o indiano dos ovos de ouro.

# O baralho erótico

Em sua maior parte, o matrimónio é um maltrimónio. Os dois pensando somar, afinal, se traem e subtraem. Era o caso de Fula Fulano mais sua respectiva Dona Nadinha. O homem era um vidabundo, formado nas malandragens. A mulher era muda durante o dia. Mesmo que pretendesse não lhe saía palavra. Só de noite ela falava. No resto, se arredava, imóvel de fazer inveja às plantas. Se sentava a desfolhar fotos e postais.

Nadinha vivia por fotografia, sonhava por interposição de imagens recortadas em revistas. Colecionava retratos, cromos, postais. Ficava horas contemplando as figurinhas. Assim, ela se desconhecia, desaparecendo de si mesma, invisibilizando a vida. De noite é que ela pegava o trabalho, desfiava horas de canseira. Em cada intervalo, mínimo que fosse, ela sacava da coleção das fotografias e se sentava. Se enamorava das mulheres das capas, que lindas, nem transpiram, nem enrugam com os tempos.

— *Não existe uma foto em que saia o mundo?*
Existe, existe, anuía o marido em sono. *Coitada, a mulher. Devia ser que apanhou de mais, tenho que abrandar a socaria. Eu lhe bato não é desamor, é só porque você é uma criança, entende Nadinha? Está ouvir, Nadinha?* Ela não entendia, parvinha que era, olho pregado nas fotos. Ou será que esperava a noite para emitir resposta? Mas ele, de noite, não estava. Saía, remeloso, pelas barracas, se atestando de tontonto até se apoisar em mesa de jogo e bater cartas.

Certa madrugada regressou afadigado das jogatanas, acumulado de azares e dívida. Raio das cartas, raio da vida! Ficou remexendo as cartas, como se repreendesse os dedos de não terem sabido extrair vitórias e ganhos. Desgostosa, Nadinha espreitou o baralho: as cartas exibiam fotografias de mulheres nuas. A mulher acenou em reprovação:

— *Que vergonha, parece nem tem esposa, você!*

— *Que vergonha o quê?! Tomara-se você ultrapassar os calcanhares de qualquer destas.*

— *Sabe o quê? Sinto pena mas não de mim.*

— *Acabou-se, mulher. Esta noite não quero barulheiras!*

Mas ela, entre panelas e panos, se estridentou, numa quinquilhação de rasgar orelha. Fula Fulano nem avisou: assentou logo uns tantos e quantos sopapos na mulher. Como que ela caiu, ficou. Toda em silêncio, lhe escapavam lágrimas e sangues. Os líquidos eram rios que caminhavam junto. Logo o marido percebeu:

ela só deixaria de sangrar se parasse de chorar. Em acesso de pena, ele lhe pediu:

— *Se deixar de chorar eu prometo... prometo que nem nunca mais vou sair para jogar!*

Ela lhe olhou, sem crédito. Seu olhar era irreal, faz conta seus olhos figurassem no mortiço papel de revista.

— *Eu juro, Nadinha. Pare de chorar que vou ficar aqui todas as noites, a lhe fazer um bocadito de acompanhia.*

Na seguinte noite, ele ficou. Mandou recado aos companheiros das jogatanas a dizer que não ia, estava indisposto. Mesmo sendo noite, Nadinha rodopiou sem falar. Posto perante o silêncio dela, o homem ficou num canto a desfolhar as revistas que ela tanto estimava. De quando em enquanto, soltava risadas, se esmilhofrava da mulher. Era aquilo que tanto derretia o coração dela? Ainda fosse mulheronas dessas de arrebentar botões. Falou só, até que se fartou.

— *Não quer falar-me, mulher?*

Ela respondeu, em vago tom, estranhas palavras. Que sim, mas ela queria era conversar com a mulher que estava dentro dele. Assim que falou, apanhou logo uma chapada.

— *E nem pense em chorar! Pois que, da última vez, com essa porcaria de sangue e ranhos você quase me estragava o baralho das gajas descascadas!*

E foi um relampejamento. Rápido, o homem deitou a promessa para as traseiras. O prometido não é de vidro? E, logo-logo, se fez à rua para recuperar o quanto da noite já perdera. Ainda por cima, ele tanto reclamara vingança sobre o que perdera. Essa noite, os cabrões haviam de ver. Azar no amor, sorte aonde?

Chega à barraca, se senta em firme silêncio. Os jogadeiros estranham seus modos bruscos. Fula Fulano baralha as cartas disposto, como ele proclama, a enrabar valetes e descuecar damas. Com os nervos, lhe tomba uma carta. Um que apanha a carta e se espanta. Nem querendo acreditar, passa a carta aos restantes. Cochicham. Os amigos passam a fotografia de mão para mão, gozando e rindo. Até que um deles guarda a carta e todos se arrumam sérios e graves. Fula Fulano, estranhando os modos, pergunta.

— *Não é nada, Fula. É só uma dessas gajas que aparece nas costas das cartas.*
— *Mostra!*
— *Deixa lá esta merda. Continua a baralhar, Fula.*
— *Eu quero ver essa carta.*

O outro, com voz de funeral, diz:
— *É melhor não, você.*

Saltando sobre o tampo, Fulano arranca a carta. Seu juízo deu o salto mortal, todo despenhado naquela visão. Quem era a gaja? Nadinha! Sim, Nadinha, sua esposa, toda cascadinha, como o mundo lhe recebeu. Fula Fulano desejou o buraco final.

Saiu, de espuma e raiva. Foi direito a casa, mãos nos bolsos com tais fúrias que estrilhaçava o baralho. Chegou a casa, demorou-se um momento na porta. Sacou da carta onde a Nadinha se descamava em carnes. Lhe subiu uma fervura, sangue adentro, irrompeu pela casa e se dirigiu, certeiro, para o leito onde a mulher dormia. E desatou a beijá-la com paixão que nunca tanto dele emergira.

A casa marinha

*O que o homem tem do pássaro é inveja.
Saudade é o que o peixe sente da nuvem.*

Eram falas de Tiane Kumadzi, o velho que vivia fora do juízo, apartado da gente, longe da aldeia. Eu seguia-o enquanto ele desperdiçava pegadas na areia da praia. Meus pais muito me proibiam aquelas divagabundagens.
— *Esse tipo não regulamenta bem. Você está proibido.*
Que ele era o indevido indivíduo. E somavam-me: esse tipo anda a apanhar as lenhas de uma grande desgraça. Pois o futuro o que é? Se nem temos palavra na nossa materna língua para nomear o porvir. O futuro, meu filho, é um país que não se pode visitar.

Mas eu não resistia a seguir os passos molhados de Kumadzi quando ele, manhãs cedinho, procurava sinais do além-mundo. Acontecia na subluminosidade quando o sol nos deitava em sombras sobre as ondas.

O desremediado velho se dezembrava assim, para cá e para diante, todo concurvado enquanto pronunciava indecifráveis rezas. Me divertia aquele renhenhar dele, cabeça abaixo dos ombros, remexendo algas, conchas e troncos trazidos pelo mar de longínquas tempestades.

Eu o seguia calado, morto por saber os enfins daquela busca. Me apetecia aquela companhia como se Tiane fosse mais menino que eu, parceiro de minha meninagem.

— *Quantos anos tenho? Sou igual como você...*

E dizia: uma criança é um homem que se dá licença de voar. Às vezes me mandava correr, passar o sem-fim da praia. Que eu devia voltar sem nenhum fôlego.

— *Ganhe vantagem do cansaço, filho. Há uma sabedoria do cansaço.*

O cansaço é um modo do corpo ensinar a cabeça. Assim dizia Tiane. Que havia sentidos que só o cansaço despertava. Sono e fadiga: mãos que nos abrem janelas para o mundo. Fosse por esse cansaço que ele encontrava na praia aquilo que ninguém mais ousava. Certa vez, quebrei o peito e lhe atirei a pergunta:

— *Mas procuramos o quê, vovô Tiane?*
— *Isto.*

E atirou-me um pedaço de madeira. Era um pau a modos que nunca vira: acertados os cantos com as arestas, corrigidos os redondos da madeira e as asperezas da casca. Me admirei: em que terra cresciam árvores desse formato, tão gostosas de alisar o dedo?

— *Mas o que é isto avô?*

— *Procuras-me mais istos e te deixo espreitar na minha casa.*

Não fiz segunda coisa nos dias seguintes. Enquanto restasse fiapo de claridade eu afadigava os olhos a farejar mais estranhos objetos. Fazia o que ele me recomendava: me cansava pelas dunas, à procura da sapiência da fadiga.

Ao fim do dia, meus pés escamavam de tanto aguarem. Meus braços se contentavam ao peso de tantas madeirinhas. O velho Kumadzi juntava-as no seu quintal, no mesmo lugar onde, nas casas dos outros, se empilhava a lenha. Pela noite, o velho se dedicava a dar sentido àquele desordenado monte. Estudava cada um dos paus. Ajustando os encaixes, entrância na reentrância, foi construindo um barco cheio de dimensões.

Os pescadores se espantaram — um barco? Aquilo mais parecia era uma casa. E se chegaram, espetando no sossego do velho o gume da curiosidade:

— *Quem lhe ensinou a fazer uma coisa que não existe?*

Kumadzi encolheu os ombros. Ele não sabia mas o adivinho já pressentia. Aquilo era casa que anda na água, obra de homens-peixe, gente de aspecto nunca visto. E o adivinho juntava terríveis premonições: vinham aí tempos de cinza e fogo.

— *É melhor que esses nunca venham, é melhor que nunca cheguem.*

E somou sentença: era urgente matar a viagem dos forasteiros. E logo ali se executou mandança: nessa noite se deitaria fogo na forasteira construção. Todos saíram. Fiquei apenas eu dando encosto à solidão do velho. Passaram-se densos silêncios até que Tiane Kumadzi me pediu que o ajudasse a empurrar o barco até à água. Nem beliscámos centímetro. O navio estava mais encalhado que árvore. Kumadzi desofegou:

— *Tu, miúdo, meta-se no barco!*

Apontei para mim, em espanto. Eu? O velho confirmou: eu devia era navegar, sair por esses mares para ir ter com os esses que chegavam. E completou:

— *Assim não haverá quem tenha vaidade de encontrar quem...*

Me escusei. Dei volta ao momento e desandei pelo escuro. Reconheci razão dos conselhos da aldeia: o velho sofria o castigo de visitar de mais o futuro. Regressei a casa e deparei com estranha agitação. Meu pai comandava furiosa multidão. Vendo-me chegar, ele me ordenou:

— *Vai donde que vieste!*

E levaram-me em diante da raiva e gritaria. Se dirigiam ao lugar de Tiane Kumadzi. O meu velho me empurrava para cá e para nenhum lado. Nem tive tempo de acertar vistas com ideias. Já o barco ardia, engolido por mil tochas, chamas chamando chamas.

Num instante, tresvoaram espessas fuligens. Eu via os fumos subirem e comporem estranhas figuras, monstros de engolir mundos. Eu fechava os olhos mas as visões não se afastavam. Ainda escutei uma voz dizer para meu pai:

— *Cuidado, mano, esses fumos estão cheios de veneno!*

Fosse ou não veneno: as gentes se descompunham, embriagadas. Primeiro, deram gritos, saltos e danças. Aos poucos, se instalou a festa e a alegria enrijeceu a restante noite. Até os corpos lençolarem a terra.

Na manhã seguinte, o braço do velho Tiane me acordou. Primeira coisa que vi foi o barco. Esse mesmo que ardera horas prévias. Mas ali estava ele, intacto, com todo o formato. Algumas chamuscadelas, mais nada. O velho antecedeu minha pergunta:

— *Não chegou de arder, a madeira estava molhada.*

Nas mãos tinha um naco de madeira meio ardida. Esfarelou a cinza, misturou a areia. E acrescentou:

— *Esse barco estava cheio de mar!*

Percorreu as escassas cinzas como que a confirmar a presença de qualquer coisa já vista. Perguntava-se, nervoso:

— *Onde está, onde está?*

Finalmente, se debruçou a apanhar uma taça feita de madeira. Levantou-a nos braços. Me aproximei. Aquilo não era simples objeto de usar. Desenhos de enfeitar se inscreviam em belezas. Tiane acenou a taça e proclamou:

— *Viu? O mar quer juntar as pessoas.*

Estendeu a taça e pediu-me que bebesse. Beber o quê?, perguntei. Espreitei o redondo da taça e havia gotas. De cacimbo, adiantou Tiane para aplacar meu receio. Levei a taça aos lábios mas não consegui beber. Improvisei desculpa:

— *Vou guardar isto, para beber com eles...*

Escondi a taça por baixo do velho canhoeiro. De novo, fomos à rebentação ao encalço dos sinais dos homens-peixe. O velho se deixou ficar dentro de água. Era já noite e ele se recusou a sair. Disse que nunca mais voltaria para terra. Ficava ali a encharcar-se de mar. Queria semelhar-se com o barco, a madeira ensopada? Quando houvesse viagem já ele se converteria em madeira salgada. Já ele se convertera em casa marinha à espera dos que haveriam de vir.

Os negros olhos de Vivalma

Há mulheres que procuram um homem que lhes abra o mundo. Outras buscam um que as tire do mundo. A maior parte, porém, acaba se unindo a alguém que lhes tira o mundo.

Este foi o destino de Vivalma, mulher entre as mulheres, cheia de desgraça, nem o Senhor punha oração nela. Mulher gorda, exibia os seios em cacho, carnes de muito volume e herança. Tanta redondeza, aliás, suprimia a curva. Vivalma era esposa do latoeiro Xidakwa, homem zangadiço e com nervo florindo na pele.

A volumosa senhora saía de manhã para o serviço de sentar no bazar, em banca rente ao chão. Eram tão poucas e abreviadas as coisas que vendia que ela nunca fazia as contas. A vida é um por enquanto no que há-de vir. Vivalma se deixava no assento, mais vagarosa que orvalho. Até a mão dela poupava esforços, num mesmo gesto de ida e volta: para lá, enxotava mosca;

para cá, chamava cliente. Seus braços eram tão curtos que nem era capaz de arregaçar as mangas.

Pois Vivalma se dava a conhecer pelo modo como zarolhava, olho deitado abaixo. Razão de que o marido lhe batia, por dádiva daquela palha. Nem carecia de motivo: o murro era a língua dele, vingança de lhe fugirem desejos de sua vista. Todos se admiravam: Xidakwa até que parecia tranquilinho, sonholento, incapaz de violência. Mas os hematombos no rosto da mulher, o sangue pisado lhe enchendo a quotidiana pálpebra dela, eram provas indesmentíveis. Todos punham a devida pena na vendedora. Tão batidinha, coitada. E ainda por cima, sempre no mesmo olho. As colegas lhe sugeriam:

— *Você podia pedir a ele para variar-se: cada vez num lado, cada vez no outro.*

Ela sorria, parecia isenta de pensamento. A gordura era sua única resposta. Ela sabia: mais se engorda, menos se sofre. Com o volume a dor vai ficando mais e mais distante, perdida lá nas curvas das entranhas. As vendedeiras lhe puxavam o brio:

— *Mas você Vivalma, nem viva nem alma?*

Quem fala consente? E a mulher gorda suspirava:

— *Deus me reze, minhas amigas.*

Ela é que sabia. Xidakwa, seu marido, enganava era nas aparências. Ele era um mosca-viva, esgazelado, tratando-lhe a berro e fogo. Outros já lhe tinham chamado as atenções. Mas o latoeiro varria os reparos, explicando:

— *A vida é dura de mais para aceitar carícia: cabedal se cose é com dedal.*

As colegas do bazar insistiam:

— Ora, Vivalminha, lhe deixe de vez, esse homem não vale uma vida. Você é como o nariz: toda a vida no meio, sem nunca fazer escolha.

Em silêncio, Vivalma amealhava suas razões. Não que houvesse segredo: para ela, aquela era a ordem do mundo, estavam-se cumprindo destinos. Nem ela nem ele teriam tempo para uma outra ocasião. O mundo dele era de outra razão, um confim. Ele lhe queria à razão de pontapés? Que fosse. Ela não tinha querer nem ser. E quem não tem vontade, não tem lamento.

E era sem lamento que ela regressava a casa, tardes a fio, sempre última das vendedoras. Demorava os vinte e quatro ponteiros no caminho. Perto de casa colhia uma flor mas, ao entrar no portão, a deitava no chão. No pátio se acumulavam pétalas brancas, secreto e perfumado lençol da noiva que nunca houve.

Até que, um dia, o olho negro de Vivalma se apresentou piorado, em feio e ampliado derrame. As vendeiras transbordaram-se. Não, aquilo era de mais! E se conluiaram para desafiar o marido violento. Sem que Vivalma suspeitasse, umas delas lá foram a casa de Xidakwa. Enquanto pisavam aquele mar de flores desfeitas souberam o espantável: que o dito marido, Xidakwa, há tempo que se fora, amanteado com outra. As vizinhas diziam e comprovavam. Os tais derrames que Vivalma exibia no rosto eram por ela mesma fabricados, sem infligência de mais ninguém.

As vendedoras regressaram ao bazar, caladas, sob uma bategazinha de Verão. A chuva caía tristonha como um luto, cada gota uma mulher em Outono, chuviuvinha. Ingrata é a morte que não agradece a ninguém. Vivalma teatrava, para que ninguém suspeitasse de seu abandono? Pois as amigas se compustararam em igual disfarce. Na Natureza ninguém se perde, tudo inventa outra forma.

Sucedeu, por astúcia do acaso, o seguinte percalço: a nova mulher de Xidakwa ouviu dizer que Vivalma continuava a revalidar suas equimoças, olho da cor do chão. Se assim era, quem mais poderia ser o batedor senão o dito latoeiro? E a moça, mais nascida que a gorda vendedeira, contraverteu caminho e foi agasalhar outra felicidade.

O homem, desconcertado, voltou a casa para afinar contas com Vivalma. Se admirou de ver o pátio varrido, limpo das habituais florinhas. Os vizinhos se surpreenderam, depois, a ouvir os gritos dele, batendo em sua original esposa.

Manhãzinha seguinte, viram Vivalma sair de casa, canteirando pelo jardim, a encher as mãos de petalazitas brancas. Haveria quê nessas flores: alegria de quem se ilude vencer? Ou eram pequenitas raivas, desapercebidas como lágrimas em seu rosto molhado? Só ela, a matinal vendedeira, sabe do valor dessas minusculinhas naturezas em seus dedos decepadas. Dizem, finalmente, que sob o véu de seus enegrecidos olhos havia, nessa manhã, uns fiapos de satisfação. Poderá ela, alguma vez, ser sabida? Se, como diz nenhuma canção, a água corre com saudade do que nunca teve: o total, imenso mar.

Gaiola de moscas

Zuzé Bisgate. Logo na entrada do mercado, bem por baixo da grande pahama se erguia sua banca. Quando a manhã já estava em cima, Zuzé Bisgate assentava os negócios. O que ele fazia? Alugava bisga, vendia o cuspo dele. A saliva de Zuzé tinha propriedades de lustrar sapatos.

— *É melhor que graxa, enquanto graxa nem há.*

Além disso, o preço dele era mais favorável. Cada cuspidela saía a trezentos, incluindo o lustro. Maneira como ele procedia era seguinte: o cliente tirava o sapato e colocava o pé empeugado do cliente sobre uma fogueirita. O pé ficava ali apanhando uns fumos para purificar dos insetos infeciosos. Zuzé Bisgate pegava no sapato e cuspia umas tantas vezes sobre ele. Cada cuspidela contava na conta. Passava o lustro com um pano amarrado no próprio cotovelo. Razão do pano, motivo de esfregar com o cotovelo:

— *Dessa maneira a minha saliva me volta no*

corpo. *É que este não é um cuspe qualquer, um produto industrioso desses. Não, isto é uma saliva bastantíssima especial, foi-me emprestada por Deus, digamos foi um pequeno projeto de apoio ao setor informal. É que Deus conhece-me bem, pá. Eu sou um gajo com bons contactos lá em cima.*

Os clientes não se faziam enrugados. Às vezes até abichavam frente à banca dele. Fosse da saliva, fosse da conversa que ele lustrava. Verdade era que o negócio de Zuzé corria em bom caudal.

Quem não se dava bem com os cuspes era sua mulher Armantinha. *Não se pode beijar aquela boca engraxadora dele,* se lamentava. *Prefiro beijar uma bota velha,* concluía. *Ou lamber uma caixa de graxa.*

Armantinha sonhava para saltar frustração. Um dia, qualquer dia, haveria de beijar e ser beijada. Sonhava e ressonhava. Lhe apetecia um beijo, água fazendo crescer outra água na boca. Lhe apetecia como um cato sonha a nuvem. Como a ostra ela morria em segredo, como a pérola seu sonho se fabricava nos recônditos.

Avisaram o marido. Armantinha estava sonhando longe de mais. O homem respondeu em variações. *Beijo é coisa de branco, quem se importa. E depois, minha boca cheira a coisa falecida. Quem se aflije com matéria morta? Só os da cidade. Nós, daqui, sabemos bem: é do podre que a terra se alimenta.*

Acontece que Zuzé Bisgate se foi metendo nos copos, garrafas, garrafões. Tudo servia de líquido, Zuzé destilava até pedra. De toda a substância se pode espremer um alcoolzinho, dizia. Mais e mais ele desleixava a caixa de cuspos e lustros. Até que os clientes reclamaram: a saliva de Zuzé está ganhando ácidos, aquilo é bom é para desentupir as pias. E temendo pelos sapatos os demais se evitavam de frequentar a tenda banhada pela grande pahama.

Até Chico Médio, homem sempre calado, reclamou que a saliva dele lhe fez murchar os atacadores, pareciam agora cobras sem esqueleto vertebral. Pouco a pouco Zuzé perdeu toda a clientela e o negócio das salivas fechou.

Se decidiu então a mudar de ramo. Recordou, de seu pai, a máxima: a alma é o segredo de um negócio. Alma, era isso que se necessitava. E assim ele imaginou um outro negócio. E agora quem o vê, nos atuais dias, constata a banca com sua nova aparência. E Zuzé mais seu novo posto. Seu labor é um quase nada, coisa para inglês não ver.

Ali, na fachada, arregaça as calças, com cuidado para não as desvincar. Sempre com desvelo de burocrata, desembrulha um volume retirado das entranhas de sua banca: uma gaiola forrada a rede fina. Dentro voam moscas. Pois é o que ele vende: moscardos. Matéria viva e mais que viva — vital para o mortal cidadão. Pois, diz o Bisgate, cada um deve tratar as moscas que, depois de mortos, nos visitarão o túmulo.

— *São os nossos últimos acompanhantes...*

A pessoa passa por ali, se debruça sobre o vendedor

e escolhe as voadoras bestas, as mais coloridas que engalanarão o funeral:

— *Esta há-de ficar mesmo bem na sua cerimónia.*

Ele convida o hesitante cliente a ir à banca ao lado, a banca da Dona Cantarinha. Para lavar as moscas, explica.

— *Lavar as moscas?*

— *Sim, é lavagem a seco.*

Armantinha cada vez mais se distancia daquela loucura. O marido se apronta é para grandes descansaços.

— *Ai nosso Senhor Jesus Cristão! Você, homem, você vende alguma coisa?*

— *Faça as contas, mulher.*

— *Que contas? Que contas se pode fazer sem números?*

— *Ainda hoje vendi uma manada de moscas a esse tipo novo que chegou à aldeia.*

— *Qual que chegou?*

— *Esse gajo que montou banca lá nas traseiras do bazar. Uma banca que até mete as graças, chama-se "Pinta-Boca".*

— *O homem se chama Pinta-Boca?*

— *Qual o homem! A banca se chama.*

Armantinha se inflama logo de sonho. Já a boca dela se liquidesfaz. Sua boca pedia pintura como a cabeça lhe requeria sonho. E, logo nessa manhã, ela ronda a nova tenda, se apresenta ao novo vendedor. Ele se declina:

— *Sou Julbernardo, venho de lá, da cidade.*

Banca Pinta-Boca. O nome faz jus. Na prateleira ele tem uma meia dúzia de bâtons com outras tantas cores. As mulheres se chegam e estendem os lábios. Julbernardo pede que escolham a coloração. Moda as brancas, vermelhudas das beiças. Uma pintadela duzentos e cinquenta meticais.

Amartinha, já devidamente apresentada, ganha coragem e encomenda uma coloradela.

— *Aqui, se paga em adiantado.*

Ela retirou as notas encarquilhadas do soutien. Vasculhou as largas mamas à procura dos papéis. Tinha seios tão grandes que nem conseguia cruzar os braços.

— *Está aqui seu dinheiro.*

— *Não chega nem basta. Essa tabuleta do preço era na semana passada. Agora é duzentos e cinquenta um lábio.*

— *Um lábio?*

— *Se for o de cima, o de baixo custa mais caro. Por causa que é maior.*

— *Estou fracassada com você, Julbernardo. Vá, pinte o de cima, amanhã venho pintar o de baixo.*

— *Está certo, eu vou pintar.*

Julbernardo pegou no bâton com habilidade de artista. Aquilo era obra para ser vista. Metade do povoado vinha assistir às pinturas. A gente seguia caladinha, aquilo era cena à prova de fala. Julbernardo metia um avental, ordenava à cliente que sentasse no tronco cortado do canhoeiro.

Armantinha obedecia ao ritual. Sentada, ergueu o

rosto. Fechou os olhos, compenentrada em si. O pintador limpou as mãos no avental. Se debruçou sobre a tela viva e fez rodar o bâton no ar antes de riscar a carne da cliente. Sentada no improvisado banco Armantinha deu largas ao sonho. O bâton acariciava o lábio e tornava seu corpo misteriosamente leve, como se naquele toque se anulasse todo o peso dela.

Sonhava Armantinha e o sonho dela se apoderava. Nesse devaneio o bâton se convertia em corpo e já Julbernardo se inclinava todo sobre ela e os lábios dele pousavam sobre a boca dela, trocando húmidas ternuras. Mundo e sonho se misturavam, os gritos da multidão ecoavam na gruta que era sua boca e, de repente, a voz raivosa de Zuzé também lhe esvoaça na cabeça.

E eis que Armantinha abre os olhos e ali, bem à sua frente, o seu marido se engalfinhava com Julbernardo. E murro e grito, com a gentalha rodopiando em volta. De repente, já um deles se apresenta de desbotar vermelhos. Os dois se misturam e uma faca rebrilha na mão de Zuzé. Depois, num sacão, se separam os dois corpos. Estão ambos ensanguentados. Julbernardo com o avental ensopado de vermelho dá dois passos e cai redondo. Num instante, uma multidão de moscas se avizinha. Zuzé, vitorioso, aponta a mulher:

— *Vê? Vê as moscas que vendi a esse cabrão?*

Mas as moscas, em lugar de escolherem o tombado Julbernardo, circundam a cabeça de Zuzé. Alarmado, ele enxota-as. Em vão: já a moscardaria lhe pousa, vira e revira. Então, Zuzé Bisgate desce dos seus próprios joelhos e se derrama em pleno chão. O sangue se vê brotar de seu peito. Julbernardo desperta e se ergue, ante o espanto geral. Com mão corrige a mancha vermelha com que o bâton esmagado enchera o seu branco avental.

O homem da rua

Ainda o dia andava à procura do céu, vinha eu em vagaroso carro que mais a mim me conduzia. De repente, um homem atravessou a calçada, desavultado vulto avulso. Uma garrafa o empunhava. E ele, todo súbito e poentio, se embateu frentalmente na viatura. Saltou pelos ares, se aplacando lá mais adiante, onde se iniciava o passeio. Saí do susto para inspecionar sua sobrevivência.

Me debrucei sobre o restante dele, seu rolado enrodilhado. Não havia sangue nem quebradura de osso. O maltrapalhado estava a salvo, salvo erro. Todavia, me meteu pena: suas vestes eram a sujidade. Havia quase nenhuma roupa em seu sarro. Mesmo o corpo era o que menos lhe pesava. Os olhos estavam parados, na grade do rosto. Me pareciam pedir, o quê nem sei.

De inesperado, o vagabundo se ergueu e apressou umas passadas para encalçar o longe. Se entrecruzou com sua sombra, assustado de haver escuro e luz. Em muito zig e pouco zag ele acabou por se devolver ao chão. Voltei a acudir, cheio dessa culpa que não cabe na razão. Apanhei o vulto, desarranjado, sem estrutura. Pareceu tontolinho, sempre agarrado ao arregalado gargalo. Me deitou olhos muito espantados e pediu desculpa por incómodos. Apalpou o lugar onde se deitava, e disse:

— *Um de nós está morrendo.*

Entreolhei-me a mim e ao restante mundo. Ele se precisou:

— *Estou falando da terra, parece ela está moribundando.*

Lhe disse que o levaria dali para um sítio que fosse dele. Ajudei-lhe a entrar no meu carro. Ele recusou com terminância:

— *Não entro em coisa que serve para levar morto.*

Amparei o desandrajoso. Se sustentou em meu ombro e me foi levando pelo passeio sombrio, através dessa desvastidão onde o negro escurece a preto.

— *Agora o senhor me entorne aqui...*
— *Aqui?*

Esfregando-se no pescoço como se as mãos fossem de outrem, acrescentou:

— *Aqui, sim. Quero acordar com dormência de lua.*

Dali ele passou a esbanjar conversa. Quem sabe o homem desjejuava palavra? E dizia sem aparência nenhuma:

— *Bem hajam as folhas, minha cama!*

E explicava-se enquanto alisava as folhagens mortas: quando se deitava lhe doía a curva da terra, a costela quebrada do próprio universo. Assim deitadinho, todo simetrado com o planeta, um subterrâneo rio falava com suas veias.

— *Até foi bom me aleijar um bocado. Ri-se? Nem sabe como é bom haver um chão para a gente ter onde cair.*

E nos trocamos nessa conversa com vontade de ser corpo, encosto, adormecimento. Ficámos a ver as luzinhas da cidade, lá em baixo, a lembrar que o homem sofre de incurável medo de ser noite. O país daquele homem seria a noite. Meu território era o dia, com sua luminesciência tanta que serve mais é para deixarmos de ver.

E pensei: o primeiro alimento é a luz. Nos invade logo quando nascemos. Depois, a luminosidade, com suas infinitas cascatas, nos fica a engordar a alma. Em mim, pelo menos, a primeira saudade é da luz. Direi, então: me falta a minha luz natal? Quem sabe a alma deste homem, sempre ninhado no escuro, emagrecera assim a olhos não vistos? O homem é bicho diurno. O dia é bicho humano?

Me foi descendo, espesso, o sono. Avancei despedida não sem retirar do bolso algumas notas que estendi em direção ao desastrado:

— *Deixo o senhor com algum dinheiro. Quem sabe lhe virão, mais tarde, as dores do acidente?*

Para meu espanto ele recusou. Sem veemência, sem nenhum ênfase. Era recusa verdadeira.

— *Posso pedir uma qualquer coisa?*

— *Peça.*

— *Me dê um pouco mais da sua acompanhia. Só isso: acompanhia.*

Ainda hesitei, inesperando aquele pedido. O homem nem me fitava, estivesse envergonhado. E assim, de cabeça baixa, insistiu:

— *É que, sabe, eu não tenho ninguém. Antes ainda tinha quem me dispensasse migalha de conversa. Mas, agora, já nem. E me dá um medo de me sozinhar por esses aís.*

Quase que falava para dentro, eu devia baixar orelha para o entender. Assim, cabismudo, prosseguiu:

— *Sabe o que faço? Vou dizer... mas o senhor me prometa que não zanga...*

— Prometo.

— *O que eu faço, agora, é me deixar atropelar. É. Ser embatido num resvalo de quase nada. Indemnização que peço é só esta: companhia de uma noite.*

Fiquei quieto sem me achar conveniência. Nem gesto nem palavra me defendiam. O atropelado centrou esforço em se erguer, mão sobre o joelho. Já de pé me segurou o cotovelo:

— *Pode ir, à vontade. Nem imagina como senhor me fez bem, me bater e, depois, me falar. Agora já nem sinto dor nem dentro nem fora.*

Anda fiz menção de ficar, perdido entre garganta e coração. Mas o andrajoso levantou o braço, em serena sentença:

— *Vá, meu amigo, vá na sua vida.*

Regressei ao carro. Arranquei-me dali, devagar. Olhei no espelho para retrover o vagabundo. Me lembrei então que nem o nome dele eu anotara. Lhe chamo agora: o homem da rua. Seu nome ficará assim, inominável, simplesmente: homem da rua. Lembrando este tempo em que deixou de haver a rua do homem.

O general infanciado

O General Orolando Resoluto era um homem congélido, capaz de frigorificar o mais pequeno sentimento. Desses que lambem a carta para colar o selo. Seu único amor: a pátria. Sua exclusiva paixão: a guerra. A família ele a vivia com espírito de dever, encargo biológico, contrato social. Por obrigação lhe nasceu o filho, sua primeira e única descendência. O menino veio à luz e o general Resoluto, impassível, espreitou o berço, mais inspetor que parente:

— *Hum!*

E mais nada, senão essa interjeição seca. Retilíneo, o general não despenteou nervo. A mulher Rosanita sorriu: estaria o marido apenas invisivelmente comovido? A esposa havia sido formada em credo e cruz, um terço da vida no terço. Mal saída da catequese ela catecasou-se. Rosanita sabia que os homens se comportam, neste mundo, como estrangeiros. A machice é arrogância dos que têm medo, mais excluídos que emigrantes. Só as mulheres são indígenas da vida. Paciente, a esposa ainda negociou com ele um riso:

— *Então, senhor pai?*

Rosanita arredondava os cantos às palavras mas Orolando Resoluto não desenrijeceu. Simplesmente, ajeitou a colcha no berço como se corrigisse a linha de um desenho. Nem um carinho, nem um despenhar de alma. Nada, só aquele gélido olhar de quem passa revista às tropas.

Já em casa, ele recusou dar colo ao estreado filho. A farda era imaculável, inodoável. Haja disciplinas. A mulher muito se sofria com aquele alheamento.

O tempo ia tricotando semanas e o militarão continuava impávido, sem sequer se chegar ao menino. No dia do registo Rosanita impôs obrigamentos de credo:

— *Quero que lhe ponha nome de santo.*

Orolando protestou: havia mandos da tradição, regulamento de família. Depois, o que se impunha era nome guerreiro, não fosse a criança amolecer logo de apelido. E sentenciou heroicas nomeações: Gungunhana, Muzila, Sochangane.

— *Quero nome de santo. Me deixe carinhar esse menino, me favoreça um nome de santo para lhe darmos garantias.*

Cristóvão ficou. Notificado de ternura: Cristovinho. O menino cresceu e foi enchendo a casa de contentações. O general se incomodava e urgia a mulher de pôr cobro às excendentárias alegrias. Cristovinho em tudo inventava brinquedo. O pai se libertava da farda e ele, instantâneo, pegava as solenes medalhas e as pendurava em desrespeitosos lugares.

— *Deixe, Orolando. Ele só está dar riso ao metal.*

Volta e não volta, o menino laçava os bracinhos no paterno pescoço. Nordicamente, o general rompia o abraço. Mas quanto mais afastava o filho mais ele se chegava. Até que o miúdo cresceu a ponto de aniversários. Começava o serviço da infância, voz e riso solares. Aquela alegria não tinha companhia do pai. A mãe sempre rezando para que o marido se detivesse um simples instante de ternura. Ao menos o santificado nome do miúdo operasse em Orolando um desatendido milagre. Em vão.

Certa tarde, o menino desapareceu. Perdido no jardinzal da frente, fugido da mão da tia. A mãe chamou o marido em aflição, avisando-o da tragédia. O general fez subir nos ombros as divisas. Resgatar o miúdo era missão de honra. Na falta de guerra há que inventar outros belicismos. E saiu, no encalço da procura.

Depois de muito voltear, Orolando encontra o menino junto dos falecidos balouços. Cristovinho persegue um balão vagabundo. O pai, vigoroso, intende encher o balão de imediatos furos. Com raiva, o balão lhe escapa e sobe, matreiro. Rodopiou no ar, o militar salta, as medalhas se soltam e tombam com tilintes e requintes. O menino despercebe: acredita que o soturno pai, finalmente, se decidiu a brincadeiras. E junta-se aos saltos do pai, deflagrando risos. O general em fúria dá voz de comando ao balão. E quando já crê ter o brinquedo domado, misteriosa brisa o faz soltar e ressubir em livres cambalhotações. Até que o general em fúria saca da pistola e dispara. O primeiro tiro desconsegue. No segundo tiro, o balão subita-se, deflagrado. Com o susto, o menino cai e fere o rosto numa pedra. O sangue ingénuo e inocente enche os lenços do pai. O militar, num momento, se aflige e recolhe o menino nos braços. Cristovinho se aconchega no colo dele e assim se deixa até chegar a casa, já adormecido.

No portão, a mãe espera, atarantonta. O pai abre alas e conduz a criança, dormida, ao leito. A mãe segue atrás, as mãos se recolhendo uma na outra como pássaros cegos. Vê o general sentar no leito do menino e debruçar cuidados, quase paternos. Rosanita sonha que esse momento é a terna eternidade, fracção de paraíso. E dá graças aos céus pela visão.

Nessa noite, o general é que levanta para espreitar o sossego do menino. Dia seguinte, ele chega mais cedo do serviço e acorre ao quarto para olhar o filho. E assim toda a semana: Orolando Resoluto escapa do quartel e entra em casa, urgente, sem cumprimentar esposa nem parar no televisor. Vem ver o filho, escutar suas brincriações. Fim da tarde, ele pega a mão do menino e vai passear com ele, compra-lhe doces, mimos.

A mulher contenta-se, crendo em milagre. Mesmo que Orolando, agora, apenas lhe preste desatenções. Não é só ela a alheada. O general vai amolecendo a ponto de esquecer as invioláveis obrigações. A carreira de militar está agora descarreirando. Um dia, distraído, entrou no quartel ainda envergando a máscara com que brincava.

As botas, outrora intocáveis, agora são divertimento. As medalhas servem de imaginários veículos, carregados de pedrinhas e poeiras. Certa manhã, Resoluto estende um bilhete à mulher e lhe pede que faça entrega dessa mensagem no quartel.

— *Está escrito que eu não vou, estou doente.*
— *Verdade, marido?*
— *Não. Eu quero só ficar com Cristovinho.*

Essa manhã faltou ao serviço. Outras manhãs, idem. Ao pouco e pouco ele se inseparava do menino, se distanciando das militares obrigações. Até que, definitivamente, se demitiu, prescindindo de carreira, acumuladas honras, engomadas memórias.

Agora, Orolando Resoluto só fica em casa. Se transferiu de vez para o quarto do menino. Dormem juntos, pai e filho, abraçados em bonecos. O ex-general adormece fetal, meninado. Tal pai, fatal filho. A mulher entra no quarto, noite alta, e aconchega o sono de seus dois meninos.

Rungo Alberto
ao dispor da fantasia

Conto uma verdade de Rungo Alberto, meu completo amigo, perdido em escura noite na ilha da Inhaca. Ele nasceu junto do mar, em lugar onde terra e água se fronteiriçam. Dizia: "minha água-natal". Rungo já não se abastecia de ilusão: tudo é areia sem castelo. O que ele queria era ver chegar a Paz. Nisso se duvidava. Afinal, a única maneira de a guerra terminar é ela nunca ter começado. Lá tinha suas razões. Porque ele era um fugido da guerra. Magro: descurava um esterno muito externo. Cabelo branco mas por indevida idade.

Me chamava assim: Mio Conto, Mira Cuito, Miraconcho. Me desapelidava? Não, aquilo era simples inclinação do peito. Uma amizade funda lhe fazia inventar aqueles todos nomes. Um só não serviria. Eu ria: há tanto que precisava aquela falha de identidade. Há tanto eu carecia de certidão de inabilitações. Mas eu naquele amigo punha também as muitas visões. Rungos, tantos ele era. Qual deles o verdadeiro? Pois, meu suposto Rungo Alberto, uma certa manhã anunciou:

— *Vou construir um barco!*

Duvidei. Rungo Alberto era uma pessoa muito instantânea mas aquele caroço me parecia maior que a garganta. Não sendo engenheiro marinho, nem tendo artes de carpintaria, onde iria ele buscar qualificação? Rungo virou costas entoando sua única canção. Uma vez mais me inquiririu:

— *Não conhece esta canção? É um hino quase nacional.*

Na manhã seguinte, o homem deitou mãos à manobra. Sua oficina foi instalada numa clareira da floresta, perto da Estação de Biologia. Para ali ele passou a se deslocar muito diariamente, em competição com a madrugada. Se escutavam os martelos, fazendo calar a piadeira da passarada. Manhã à noite, Rungo Alberto instrumentava nos enormes troncos. Convertera-se em mercenário marceneiro? Na oficina do improvisado construtor de navios, se viam intermináveis troncos transitando de madeira para tábua.

Eu queria espreitar, ele recusava. A construção não podia ser olhável. Assim se protegia de invejas e feitiços. Ele engenhava o barco como o mar fabrica os corais, petrificando o rendilhado de suas espumas. Os ilhéus passavam por ali, gozavam com a proclamação de Rungo. Podia um semiurbano se aventurar a embarcadeiro?

Uma madrugada, Rungo me alvoroçou a janela. Coração aos tropeços, ele me conduziu pelos atalhos secretos que desaguavam em sua oficina:

— *Você se arregale, mano.*
Apontava uma enorme embarcação. Me espantei. Aquilo era um barco, autêntico, da proa à ré. Superava a dezena de metros, lindo de pintado: azul, branco, castanho. O mastro, vaidoso, ascendia a copa da floresta. Rungo Alberto, porventuroso e circunsperto, me afrontava. Não encolhi uma dúvida:
— *Agora, caro Rungo, eu lhe pergunto: como vai levar o barco até ao mar?*
Tudo ele tinha antepensado. *Os estudantes*, me respondeu sorrindo.
— Os estudantes?
— *Sim, os seus alunos podem tchovar o barco. Peço: fale com eles.*
Não houve estudante que se furtasse. Todos juntaram braços e alegrias. Quatro horas depois o barco entrava nas ondas do Índico. Rungo abriu vinho português, despejou as primeiras gotas sobre o barco, outras sobre o mar. Só depois a garrafa circulou por todos. Abençoado, o barco parecia se afeiçoar melhor ao bate-onda. No batismo a criança é que abençoa o mundo?
Os estudantes voltaram às camaratas, algazarrentos. Na praia fiquei eu e ele contemplando o barco no embalo de seu destino.
— *E agora que vai fazer com ele?*
— Com o barco?
Não sabia, nem queria ideia. Fizera o barco, provara. A viagem era outro assunto. Insonhável. *Minha viagem foi esta, eu termino aqui.* Mas, então qual o benefício da obra?

— *Não é no deserto que ganhamos miragem?*

Durante dias ele sentou na praia contemplando o barco. Parecia ancorado à sua própria vitória. Rungo perdera a noção, divaguava? A mulher zangava-se: em casa, Rungo não dava atendimento. E ela me pediu em choro: eu que acudisse à réstia do senso dele...

— *Eu, mulher, não tenho voto na madeira. Esse homem é casburro.*

E ela se calou. Rungo era tão bom que ninguém aguentava ser inimigo dele. Aquilo era maldição, serviço encomendado dos aléns. Ela sabia, ali se vivia muito oralmente. E, nessa tarde, ela foi ao feiticeiro. O depois não se esperou.

Nessa mesma noite rebentou uma tempestade de escangalhar o oceano. O barquinho se soltou do mundo, desnavegou pela escuridão. Rungo, dizem, foi no encalço da sua criação.

Dias depois, o país via chegar a Paz. Ainda hoje, de regresso à ilha, eu me sento junto ao mar. Quem sabe da estória de Rungo, seu barco vogando na outra margem? Com suas águas sempre moventes, o mar não nos deixa ver o tempo. Quem me encara, espreitando o poente, acredita que eu me consagro a saudades. A tristeza é uma janela que se abre nas traseiras do mundo. Através dela eu vislumbro Rungo Alberto, meu velho amigo. Depois, um deserto me engole a alma. Estrangeiro é o lugar onde não se espera ninguém.

O despertar de Jaimão

Ouviu a voz da mulher gotejando. Como se estivesse submerso num tanque de água e as palavras dela fossem caindo, lágrimas da lua.

— *Graças a Deus, você acordou.*

Jaimão não percebeu o motivo da fala de Elvira. Olhou-se no corpo, horizontal. Os pés, de pé, todos despidos. Se recordava, em cacos de memória. Deitou-se foi num dia, longe.

— *Não deitei calçado, mulher?*

— *Deitou, sim.*

Então porquê a ausência dos sapatos? Elvira explicou: tiraram enquanto ele dormia. Foi ideia do vizinho Raimundo: ele sabia que os mortos falam com os dedos dos pés. Essa é maneira de conversarem com os vivos. *Sim, o vizinho disse assim, Jaimão. Tirámos seus sapatos quando já pensávamos que não acordava mais. Você, Jaimão, é o pai mais novo dos meus filhos, você dormiu quinze dias, de fio em novelo. Juro, mari-*

do, quinze dias de tempo. Até já pensávamos você tinha chegado ao fim, parado de doença falecível.
— Qual dia é hoje?
— O dia não interessa, respondeu Elvira, *o que importa é que você acordou*. Jaimão se ergueu no leito, sentou-se com custosos gemidos. *Mineiro que fui, tantos anos, me habituei a descer lá nas funduras, mais fundo que os subterrâneos. Desta vez, Elvira, escavei-me fundo de mais. Demorei foi a chegar à tona do mundo.*
— *Deixa ver seus olhos, Elvira. É que quase não lembro deles.*

Elvira se postou perante o recém-regressado. Jaimão passeou saudades pelo rosto da mulher. Mas logo ele pousou o olhar no chão.
— *Sonhei que você tinha saído com outro.*
— Com outro?

O despertado tossiu, saltaram-lhe sangues de dentro. Tentou esconder o vermelho nos lençóis. *Deixa que eu limpo*, sossegou a mulher. Ele desviou-se da intenção dela. Mas ela insistiu:
— *Homem não deve mexer em sangue. Só a mulher.*
— *E porquê?*
— *Em vocês, homens, o sangue anda junto com a morte.*
— Você fala coisa que nem sabe.
— *A mulher é que pega no sangue e faz nascer uma outra vida.*
— *Conversa redonda, Elvira. Mas me diga uma coisa, mulher: todo esse tempo você não chamou ajuda de ninguém?*

— Ninguém.

— Mas então o satanhoco do Raimundo não veio me ver, nesse meu estado?

Sim, ela chamara Raimundo, o vizinho. Isto é, não é bem que chamara. Apenas mostrou ponta de chamamento. *Que eu, marido, não gosto de falar fora assuntos de dentro. No início ele recusou vir. Raimundo até que falou, rindo, assim:*

— Doente? Isso é manha dele. Eu desautentico esse seu marido, Dona Elvira. O gajo é mestre da preguiça, lhe conheço desde-desde. O sacana só está fingir do sono, mais nada.

— O sacana? Raimundo me apelidou mesmo assim?

Jaimão não cabia em si. *Conta mais, mulher, quero saber bem desse Raimiudinho.*

— Mas, marido, nem imagina o seu amigo quem é. Não foi que ele me aproveitou?

— Lhe aproveitou, como?

— Sim, ele me fez adiantamentos. Que eu era bonita de mais valer, devia era aproveitar o seu adormecimento.

— Ai, sim? Raimundo disse isso? Vai ver, traidor. Lhe despromovo, filho de uma quinhenta, lhe desconto no retroativo.

— Foi nesse momento que você, marido, começou a mexer os dedos dos pés. O Raimundo se debruçou todo para assistir ao seu dedilhar. Você movimentava e ele lia seus dedos.

— Não quero ouvir mais essa história, mulher. Chama-me esse sacana. Agora mesmo.

Elvira sai para ir chamar Raimundo. O vizinho não demora a chegar. Na soleira da porta trocam palavras, ele e a dona da casa. Segredam-se:

— *Você já lhe disse, Elvira?*
— *Lhe disse o quê?*
— *Que ele vai morrer.*
— *Eu não sei como falar essas coisas...*

Do seu leito, o despertado grita: *que fazem vocês aí, aos segredinhos? Não me diga você está escadear na minha mulher?* Elvira se chega ao leito do moribundo, festeja-lhe a fronte, deitando-lhe ternuras. O vizinho também se aproxima, mãos cruzadas no ventre, sinal do respeito. O recém-dormido fala:

— *Então Raimiúdo, eu te mandei estudar, tu és quase da família. E agora me fazes assim de mim, teu pai hierárquico?*
— *Fiz o quê, vizinho?*
— *Me redemoinhas na mulher. Diga, sinceramente, estamos de homem para homem.*
— *Pensava que você já não acordava mais. Mas foi por causa do que você falou.*
— *Falei o quê, seu aldrabão?*
— *Disse para eu tomar conta das suas heranças... incluindo ela.*
— *Mentira, satanhoco!*
— *Falou, juro, falou com os dedos dos pés...*

O grande Jaimão espumava as raivas. *Trabalhei anos, deixei meus pulmões nas minas do John. Onde estão meus randes, onde mexeram minhas poupanças?* Súbito, em sua mão se acendeu um brilho de faca. *Res-*

peito, Raimundo, ainda lhe vou naifar essas fuças todas. Não estudou o respeito, lá na escola que lhe mandei? Mas com gente igual a você, não se gasta palavra. Com você a gente se explica com lâmina. Daí o motivo da bala, a razão da catana.
— Estou pedir grande desculpa, Jaimão.
— Sabe qual é o castigo? Sabe, não é?

Enquanto perguntava ia raspando a barriga da faca na pedra do chão. O outro se placava de encontro à parede, milimétrico. *A vida, caro vizinho, a vida é que é muito mortífera.*
— Não me mate, Jaimão!

O outro prosseguia com esmero a afiação da lâmina. Levantava o punhal, examinava-o à contraluz. Vistoriava o instrumento da punição. Demorava-se só para aumentar o sofrimento do outro? Ou, de contrária maneira: muito tato, pouco ato? Raimundo, de joelhos, implorava. Mas Jaimão prosseguia ameaça:
— *Eu vou-lhe deseliminar. Ou você pensa que sou um papagago?*

De repente, o vizinho atrevido se reatreveu e, aos gritos, desatou a arguir:
— Você, Jaimão, você é que vai morrer de castigo dos xicuembos.
— Eu?
— Sim, morrer e de vez. Então, não se lembra? Você estava morto, falou-me, deu-me as devidas ordens. Agora queria que eu não cumprisse? Sim, não conhece a tradição? Pedido de morto é ordem.

Jaimão ainda tentou um golpe. A faca lhe saltou da

mão, subiu pelos ares mas não tombou. Estranhamente ficou volteando, em infindável remoinho.

De repente, o Jaimão sentiu um sono pesado, maior que morte. *Escute, Raimundo, vou dormir, agora. Depois, acordo e lhe mato.* E tombou, pesadelento. *Que chão é este, que poeira, que cheiro? Onde estou, afinal? Este escuro em que penetro não é a mina, essa fundura onde me infernei tantos anos? Se estou nas galerias como é que Elvira está atravessando o quarto e se atira nos braços de Raimundo? Se me estou obscurecendo por que motivo Raimundo me está cobrindo meus pés com essa capulana? E porquê esse pano me aparece como se fosse terra, me pesando mais que o inteiro planeta?*

Raízes

Uma vez um homem deitou-se, todo, em cima da terra. A areia lhe servia de almofada. Dormiu toda a manhã e quando se tentou levantar não conseguiu. Queria mexer a cabeça: não foi capaz. Chamou pela mulher e pediu-lhe ajuda.

— *Veja o que me está a prender a cabeça.*

A mulher espreitou por baixo da nuca do marido, puxou-lhe levemente pela testa. Em vão. O homem não desgrudava do chão.

— *Então, mulher? Estou amarrado?*
— *Não, marido, você criou raízes.*
— *Raízes?*

Já se juntavam as vizinhanças. E cada um puxava sentença. O homem, aborrecido, ordenou à esposa:

— *Corta!*
— *Corta, o quê?*
— *Corta essa merda das raízes ou lá o que é...*

A esposa puxou da faca e lançou o primeiro golpe. Mas logo parou.

— *Dói-lhe?*

— *Quase nem. Porquê me pergunta?*

— *É porque está sair sangue.*

Já ela, desistida, arrumara o facão. Ele, esgotado, pediu que alguém o destroncasse dali. *Me ajudem*, suplicou. Juntaram uns tantos, gentes da terra. Aquilo era assunto de camponês. Começaram a escavar o chão, em volta. Mas as raízes que saíam da cabeça desciam mais fundo que se podia imaginar. Covaram o tamanho de um homem e elas continuavam para o fundo. Escavaram mais que as fundações de uma montanha e não se vislumbrava o fim das radiculações.

— *Me tirem daqui* — gemia o homem, já noite.

Revesaram-se os homens, cada um com sua pá mais uma enxada. Retiraram toneladas de chão, vazaram a fundura de um buraco que nunca ninguém vira. E laborou-se semanas e meses. Mas as raízes não só não se extinguiam como se ramificavam em mais redes e novas radículas. Até que já um alguém, sabedor de planetas, disse:

— *As raízes dessa cabeça dão a volta ao mundo.*

E desistiram. Um por um se retiraram. A mulher, dia seguinte, chamou os sábios. Que iria ela fazer para desprender o homem da inteira terra? Pode-se tirar toda a terra, sacudir as remanascentes areias, disse um. Mas um outro argumentou: assim teríamos que transmudar o planeta todo inteiro, acumular um monte de terra do tamanho da terra. E o enraizado, o que que se faria dele e de todas suas raízes? Até que falou o mais velho e disse:

— *A cabeça dele tem que ser transferida.*

E para onde, santos deuses? Se entreolharam todos, aguardando pelo parecer do mais velho.

— *Vamos plantar a cabeça dele lá!*

E apontou para cima, para as celestiais alturas. Os outros devolveram a estranheza. Que queria o velho dizer?

— *Lá, na lua.*

E foi assim que, por estreia, um homem passou a andar com a cabeça na lua. Nesse dia nasceu o primeiro poeta.

O fintabolista

*(Ninguém pode imaginar
a pequenez da minha cidadezinha.
Lá, porém, há gente
que me dá os bons-dias)*

Sempre onde chego é um lugar. Mas abrigo maior não encontrei senão nas paragens da memória. É lá que reside minha cidadezinha natal, que se acende devagarinhosa, como barco saindo de um lodoso escuro.

Esse lugar se senta em minha meninice como se o único território fosse o tempo. Esse outro tempo escorria em obediência a secretos mandos de preguiça. Os acontecimentos do mundo ali aportavam sempre tarde, bem depois de atravessarem distâncias tais que se desbotava a realidade que lhes tinha ditado origem.

As notícias da Europa nos chegavam como tábuas de navios naufragados para além de extensas neblinas. Essas novidades desembarcavam húmidas em nossas mãos, moldáveis à nossa ideia. O tamanho e gravidade das acontecências éramos nós que ditávamos. Assim destrocado, o mundo parecia um brinquedo.

Engigantecidos ficámos foi quando o nosso patrício Eusébio fintou o universo até penetrar nos relvados no

Campeonato Mundial. Wembley e Maracanã passaram a estadiozitos no bairro da nossa infância. O nosso pé sonhava em chuteiras e cada chuto disputava cabeçalhos de jornais. De noite nos desenhávamos em figura dos livrinhos de cromos.

Nesse tempo, a mais mundial das guerras era a que opunha o meu bairro aos restantes bairros da Beira. No centro desse conflito estava o campeonato de futebol em que assanhávamos soco e batota. Ali estava a nossa honra, partíamos de casa como fazem os guerreiros ao despedirem-se das famílias.

Não que a futebolada fosse a única disputa. Passámos por anterior batalha — o basquetebol. Mas na bola ao cesto nós não estávamos tão bem aquilatados. Aquilo era modalidade de gente rica. Tanto estávamos desfasados que, em meio de decisiva batalha, o nosso pivô interrompeu a partida para perguntar ao árbitro se não podia encestar com a cabeça.

Faltavam-nos jogadores altos. O nosso mais alto era o Tony Candeeiro que era cardíaco — tinha pouca válvula para muito coração. A mais centimétrica corrida e já ele exibia um tom arroxeado semelhando a flor do nenúfar. Pedíamos uma pausa para o Tony reganhar a visão e ele, passados segundos, interrompia a ofegação para gemer um "continuemos!".

E lá seguíamos, perdendo sempre. A única vez que ganhámos nem demos por isso. O esforço tinha sido tal que nem deitámos tento no resultado. Estávamos deitando fresco sobre o Tony quando os adversários nos vieram congratular. Nós retorquimos, surpresos: *Ganhámos?!!*

Desistidos da elitista modalidade, regressámos ao futebol, atividade mais a jeito da nossa condição. E foi então que me vi convertido num glorioso avançado de centro. Minha fama emergiu numa jogada confusa — todas as jogadas para mim eram confusas — quando um poderoso remate disparou a bola na minha direção. Minha única reação foi proteger os óculos, fechando os olhos e desviando a cabeça da trajetória.

Por instantes, deixei de ver o estádio. Senti a bola raspar-me o penteado. Soube depois que esse impensado reflexo tinha feito "anichar caprichosamente o esférico no fundo das redes adversárias". Com estas palavras o meu feito se maiusculizou na história do meu bairro. No final do jogo fui conduzido em ombros, me aplicaram a vitalícia braçadeira de capitão. Com duvidoso mérito, ganhara o estatuto de comandar a minha equipa e a honra do meu bairro.

Acontecia, no entanto, que a minha equipa sofria de carência grave de rematadores. Passávamos o jogo fintando de um ao outro lado do campo sem nunca nos decidirmos a rematar. Ainda adotámos a tática de chutar alto para aproveitar a altura do nosso Tony Candeeiro mas ele, com sua falta de válvula, assim que saltava, perdia a visão.

Falta-nos a concretização, dizia o Senhor Herberto, nosso ilustre treinador, um goês cinquentão que suspeitávamos nunca ter sequer assistido a uma partida de futebol. Queixava-se assim: *vocês só fintam, não rematam*. E suspirava: *somos uma equipa de fintabolistas*.

Entre esforçados empates e involuntárias vitórias lá conseguimos chegar à finalíssima do campeonato interbairros. O Senhor Herberto que estava sempre calado trouxe então a solução — que tinha ouvido falar que, na vila de Marromeu, havia um jovem dotado de poderosíssimo remate. De tal modo, que era conhecido pelo "Chimbo de Marromeu". Com seu vertiginoso pontapé o moço já tinha derrubado postes e árvores e só de mencionar o seu nome os guarda-redes eram acometidos de terrores imobilizantes.

A proposta era contratar o "Chimbo" pagando-lhe para que ele atuasse como avançado da nossa equipa. A ideia foi como pedra em charco. Enviou-se logo mensagem para o mercenário rematador. A resposta veio célere: "Chego no próprio dia da grande final. Eis o meu preço — 150 escudos. Pagos, claro, antes do encontro".

Exultámos. O dinheiro era uma fortuna, mas nós cobriríamos a parada roubando afincadamente as carteiras dos nossos velhos. O otimismo era tal que deixámos de treinar. O treinador disse que a imobilidade era boa conselheira e os treinos só serviam para esfolar canela e gastar sapatilha.

Na tarde da finalíssima o estádio estava repleto. Até as miúdas lá estavam, com seus risos e segredinhos. Já nos preparávamos para entrar em campo e nem sombra do famoso "Chimbo". Marromeu era longe, teria ele desconseguido apanhar a carreira?

Mas eis que, no derradeiro instante, surge garboso e portentoso o nosso avançado vindo diretamente das savanas de Marromeu. Vê-lo entrar em campo foi como um bálsamo para a nossa angústia. Ali estava ele, fardado diferente da nossa equipa, camisete azul-clara com estrelas prateadas que faiscavam ao fulgor do sol. Penteado até à risca, o nosso precioso reforço entrou em campo com aqueles saltinhos que só os grandes profissionais usam para aquecer o próprio corpo e o ânimo da multidão. O mais espantoso eram as pernas, cilindroides, tão grossas em baixo como em cima. O moço nem deu as confianças. Sem sequer nos olhar, continuando a saltitar, cochichou-nos:

— *O dinheiro, já têm?*

Herberto respondeu que já tinha colocado no lugar combinado. *E a tática?*, perguntou o contratado, sempre aos pulinhos. A tática herbertiana era a mais simples: "passar o esférico imediatamente ao Chimbo de Marromeu". E lá começou o jogo.

Na primeira jogada, a bola vem a meus pés e eu, ofuscado pelo sol, levanto a perna ao acaso. A bola toca no meu joelho, ganha efeito, passa por cima de dois adversários, e vai na direção de Tony. Este salta e, obviamente, sem visão, cabeceia o esférico com a nuca. Atónitos com a arquitetura destas trocas estavam o adversário, o público e, mais que todos, nós próprios. A bola volta a ficar comigo e a nossa claque urra, frenética:

— *Passa ao Chimbo, passa ao Chimbo!*

Eu fiz a bola rolar para os pés do nosso salvador. Ele

não rematou logo. Deixou a bola parar e, com estilo de exímio executante, deu uns passinhos para trás para ganhar balanço. Um silêncio se instalou em todo o campo como se o universo inteiro se atentasse no virtuosismo do futebolista. O Chimbo, qual búfalo, deflagrou um tropel em direção à bola. O barulho dos seus passos e a poeira que se levantou à sua passagem foram tais que eu fechei os olhos. Esperava escutar o vigoroso bater da bola. Mas o tudo que ouvi foi um tímido "trrrrr", igual a um rasgão de roupa, uma costura se desfazendo. Quando reabri os olhos ainda vi a perna gorda do Chimbo chutando o ar e uma suspeitosa mancha castanha lhe surgindo nos calções. O mercenário rematara em falso, com impulso tal, que se borrara em vergonhoso descuido.

O que se passou em seguida foi o maior embaraço — o glorioso rematador saindo em soluços, rodeado por nós que parecíamos nem dar pelos odores castanhos que lhe escorriam pelas pernas. Enquanto ele se retirava ainda um de nós balbuciou:

— *Eh pá... e o nosso dinheiro?*

Contudo, já o mercenário escapava pelos caniços que rodeavam o estádio. Me recordo ainda de ver rebrilhar, entre as densas folhagens, as estrelas prateadas do seu espantoso fardamento. Com o poente daquelas estrelas se extinguia a minha ilusão de ser campeão mundial de futebol.

A viúva nacional

Ou foi Jesus que traiu Judas? Ninguém pode saber. Se mesmo Deus passa o tempo a provar que não existe! Pensamentos que fartam a cabeça de Azaria Azar, diretor do Cemitério Central. Ideias que endemoniam o juízo do funcionário, outrora zeloso, agora acabranhado. Verdade é como ninho de cobra: se confirma apanhando não o ovo, mas a fatal picada.

— *Culpa minha, quem me mandou?* — insiste em aceno de cabeça.

Afinal, quem quer fumo tem que juntar palha. Sentado na sombra de um cipreste, olha a velha Donalena, onde tudo começou. E vai desabrindo os recentes passados.

1. ANTE E ONTEM

Azaria Azar se resolveu nessa tarde. Iria interditar Helena Cemitela, a velha visitadora dos defuntos. Não havia dia que a senhora não visitasse o cemitério, umas muitas florinhas lhe avulsando no regaço. Donalena, como era chamada, desomenageava a morte. Como? Ela não sabia qual campa devia honrar. Cada vez se joelhava numa diferente. Dias havia em que até rezava em mais que dez lápides. E todas as campas eram, para ela, as do "falecido". Até os coveiros já suspeitavam se alguma vez chegara de haver algum respetivo dela. Donalena se perdoava:

— *É que já esqueci bem-bem onde que é.*

A gente nasce grão, morre terra. Donalena, pré-defunta, já cheira a tábua deitada. Criatura roída pelo tempo, tão escaravelhota que só pode ter saída de tumba. A velha desafia o Outono: cai a árvore e fica a folha? Entre as campas, ela se descampa até o céu dessorar, maligno. Só no poente Donalena abandona o cemitério, fazendo chiar os pesados portões. Nas trevas vai pisando trevos.

Pois naquela tarde, o chefe Azaria chamou a velha e lhe deitou proibição: ela podia nunca mais ali voltar.

— *Mas eu, agora, já lembrei a campa. Não viu eu rezar ali? Aquela é mesmo a do meu falecido...*

— *Acabou conversa. Já dei ordem nos milícias.*

A velha então desfiou um choro magrinho, soluço de gota caindo em poço seco. Nem Azaria notou, no começo, que ela chorava.

— *Me deixe vir aqui. É que eu não tenho morto para chorar. Todos têm seus mortos, só eu que não tenho. Me favoreça, Doutor.*

2. ONTEM, OFICIALMENTE

Ontem à tarde, o Vice-Adjunto, Dr. Maurício Salbuquerque, chegou ao cemitério em sua solene viatura. Vinha na véspera de uma função: homenagear Herói da Revolução. Procurara candidato, até pagara. Mas não encontrara ninguém, nem próprio nem parente. Nos tempos de hoje quem quer se apresentar com os louros vermelhos do leninismo?
Com o diretor do cemitério se acordou encontrar rápido um candidato a órfão, viúvo, parente de herói. Azaria lembrou, então, a deslembrada Donalena. Ela havia de servir que nem peúga. Não fosse a incoincidência: ainda ontem Azaria a expulsara. Contudo, o Vice-Adjunto insistiu: ele a fosse a procurar, quem sabe a velha desobedecera?
— *Desobedecer a mim, Excelência? Com o devido respeito, eu só tenho recebido obediência das instâncias inferiores.*
O Doutor teimou e Azaria lá foi, rarefeito, procurar a improvável doida. Querem saber? Donalena Cemitela lá estava, soletrando lápides, sempre em busca. Azaria chamou, ela mal-entendeu e desatou-se. Fugia a sete chãos. Azaria Azar agarrou-lhe e a conduziu à direção. O Doutor Maurício olhou a mulher, antecipando triunfos.
— *Você é esposa do malogrado?*
— *Esposa por casamento, sim senhor.*
— *Já lhe conheço de nome, isto é, nomeadamente:*

Donalena. Ora, até está como convém: Lena rima com quê? Com leninismo!
E o plano foi instaurado, instantâneo como toda a mentira. Se encontrou uma campa devidamente incógnita. Se aldrabou lápide, às pressas. E se convenceu a velha Donalena que seu marido morreu em plenos sacrifícios pela Revolução. E que ele pacificava ali, naquela precisa tumba. Donalena Cemitela estava sendo promovida a última dama, viúva nacional.

Quando chegou a comitiva oficial, se apresentou Azaria, portões oleados, muro pintado de palavras de ordem do proletariado mundial. Foi chamada a viúva. Houve banda, discurso, tiros de pólvora sonora. Donalena, com vestes de empréstimo, recebeu as póstumas medalhas. Então, lhe pediram que ela encabeçasse o desfile fúnebre para a campa do falecido herói. A marcha se alongou pelos carreiros, respeitosa e lenta. Deu-se uma, duas, três voltas ao cemitério. Andava-se em vertigem, já alguns murmuravam. O Excelência Máximo inquiriu solenemente a viúva:

— *Afinal, onde está enterrado o seu falecido?*

A viúva desenhou um gesto vago, circungirando o dedo por todo o cemitério. Seu marido estava enterrado em todas campas e em cada uma também. Azaria e Salbuquerque perdiam as falas, afligidos. A Máxima Excelência desentendeu mas depois abriu um sorriso. *Pois, compreendo-lhe; é uma metáfora: o povo inteiro é que é herói. Mas agora, camarada viúva, agora necessitamos de uma única sepultura, apenas a verdadeiramente única.*

— *A verdadeira?!*

Estava ali, bem defronte. E apontou a verdadeira e autêntica. A marcha se deteve, se depositaram as flores em coroas, se entoaram hinos e orações. Os máximos prontuaram discurso — que ali jazia, o próprio, o mencionado, o supracitado. Azaria e Salbuquerque suspiravam alívios. No final, já as oficiais tristezas se recolhiam de regresso, a viúva puxou de volta a manga do dirigente máximo. Apontou uma outra campa e disse:

— *Oh, me enganei. Afinal, era aquela!*

E depois outra, outra e outra. Até ao grito final do Excelência. Até à ordem de despedimento de Azaria e companhia.

3. HOJE, DE NOVO

Sentado na entrada do seu ex-domínio, Azaria Azar encara a viúva Donalena desfiando entre as passadeiras. As medalhas lhe tilintam no vestido negro. Passa-lhe, por momento, a raiva de matar a causadora de sua desgraceira. Vai congeminando planos: desgargantear a velha? Suspendurá-la em galho? É quando vê um corvo pousar no ombro de Donalena. Azaria Azar sorri, se levanta e se encaminha para a idosa mulher. Cavalheiro, lhe oferece o braço e sussurra:

— *Eu lhe guio Donalena, eu lhe mostro a sua campa...*

A sentença do fogo

— *Padre: me dê a dissolvição.*

O padre Ludmilo nem corrigiu. Se fosse a corrigir, disse ele mais tarde, teria que corrigir não a frase mas o homem. Pois, o visitante embriaguava a completa mistura da língua, aos tropeços nas rezas: "*patrão nosso que estais no Céu, o pão vosso de cada dia, Deus seja lavado*".

Era um delituoso, se via pelo aspeto. Se dispunha na sagrada casa de Deus cheio de sem-maneiras, desacatador. Enquanto amolecia conversa, o padre espreitava o confessionista. E reparou a catana presa na botifarra do jovem bandido.

Mas o pecador não estava só. À entrada, em contraluz, se via o contorno de um outro foragido. A pele desse outro parecia ser clara, seus cabelos aparentavam carapinha mas de mulato. O padre Ludmilo não lhe podia enxergar o rosto.

Em contrapartida, distintas eram as façanhudas

feições deste que se joelhava à sua frente. Distintos não eram, porém, seus ditos: *Deus é bonito de não lhe vermos, Padre. Mesmo eu estou negar de ir para o Céu para não sofrer desilusão.* Dizia e redizia os díspares disparates. E juntava mais ímpias dicções:

— *Problema de Deus, com devido respeito, é dormir encostado no rabo do Diabo.*

O que queria afinal o mautrapilho, botifarrista? O Padre nem parecia se interessar. Bocejou, fatigado. Aquele homem se resumia num amante da desordem, autor de matanças e massacres. Seu coração nunca fora mobilado, nem seu nome conhecera chamamento carinhoso.

— *A Igreja, antes, me fazia medo, Padre. Parecia sítio que dá doença imediata.*

— *Doença?*

— *Sim, as pessoas entram e logo-logo fraquejam das pernas. Até caem de joelhos.*

Ludmilo somente fingia atenção. Hoje em dia, basta alguém saber escutar para fazer vezes de padre. Afinal e porém, o salteador vinha ali pedir o indevido perdão, nem que fosse à custa de ameaça.

— *Padre: não é ingresso no Céu, não. Quero é ser transferido no inferno.*

Que ali, naquele inferno terrestre, ele já não podia permanecer, familiar dos bichos, num berro sem saída. Pois, nem já se sabia: ele era um fora-da-lei ou um da lei-de-fora?

— *Mesmo eu já fui prometido a aminhistia, ou minitia ou tia de não sei quem. Prometeram, Padre. Bastava eu me entregar com minha arma.*

O sacerdote permanecia boquifechado, exemplo de religioso não praticante, servidor de Deus a tempo parcial.

— *Está-me ouvir, senhor Padre?*

Acenou que sim, simplesmente meditava, infeliz contemplado em troca de segredos com Deus. Disse que a ligação com o Paraíso estava difícil, causa das interferências dos disparos da guerra. O moço que procedesse à devida confissão, sem saltar nenhum tintim.

O bandido avançou então a lista de compridos crimes, em sanguechuva. Nem o Padre imaginava como a maldade pode ser criativa. Por exemplo, como com um só pilão se pode matar toda a família: o velho batido com o pau, a mãe obrigada pilar o próprio filho e, no enfim, a mãe violentada até ao derradeiro desfalecer. No fim da confissão, o Padre estava de cabeça baixa, parecia dormitoso, indiferente.

— *Padre?*

Ludmilo levantou lentamente a cabeça: em seu rosto rebrilhava a lágrima. A voz, quando lhe veio, já tinha subido paredes húmidas:

— *Não te posso perdoar, meu grande cabrão.*

O mautrapilho, primeiro, se admirou. Choveram mais insultos, o sacerdote perdera as estribeiras. O bandido, passada a surpresa, se ofendeu. Levantou-se, espreitou pelo postigo como que a confirmar o Padre. Depois, empurrou a janela do confessionário até fazer saltar as dobradiças.

— *Me chamaste o quê? Repete!*

E as mãos se prendiam à sotaina, levantando o Padre pelos goelos. No ar brilhou a repentina cintilação de uma catana.

— *Vais me perdoar ou eu te separo em postas.*

O Padre balbuciou algum latim. O bandido lhe encostou o hálito ao nariz e perguntou:

— *Disseste o quê?*

— *Falei latim, língua dos anjos.*

— *Fala outra língua, os anjos são todos brancos, não quero dividir língua com eles.*

— *Põe o Padre no chão ou te ferro um tiro!*

Era a voz vinda da porta, o outro bandido falava de arma apontada. O negro abrandou as ameaças, soltando o religioso. Ficaram-se olhando, sem nenhum entendimento. O visitante rodou sobre si, foi saindo com modos lentos, acertando o corpo com o eco de seus próprios passos. De repente, o Padre chamou:

— *Chega aqui, meu filho. Quero-te falar uma coisa.*

O bandido voltou atrás, mão no cinturão. Seu olhar reganhara a arrogância, ele era, de novo, dono de medos alheios.

— *É o quê, senhor Padre?*

— *É que temos falta de comida para distribuir aqui na missão. Fazia falta uns sacos de milho, não arranjas por aí nada?*

O bandoleiro estranhou. Depois, largou uma ampla risada: arranja-se, sim senhor. Aproximou-se para que ninguém mais o escutasse:

— *Deixa só passar o primeiro camião. Desses que trazem donativos.*

E saiu, junto com o outro. O Padre, em trejeito risonho, virou os olhos para cima e disse:

— *Desculpa, meu Pai.*

O sacristão que escutara estes últimos diálogos se chegou ao Padre. Seus olhos lhe interrogavam. Como era possível ele se ligar a tal gente, encomendar crimes a um larápio? Ludmilo ignorou explicação e se encaminhou para a sacristia. O sacristão, chorando, lhe segurou pelas vestes:

— *Padre, responda! Como pode encomendar coisas roubadas ao pobre povo?*

Ludmilo parou, rodou para encarar o moço. Parecia querer responder, mas se fechou em silêncio. O Padre prosseguiu o caminho interrompido, passando pelo altar sem deitar ao chão os devotos joelhos.

O sacristão se recolheu atónito, sangrando os mais tristes pensamentos. Como podia o Padre ter solicitado o favor de produtos furtados, frutos do mais hediondo crime? Com certeza, parte daquilo de que ele já se servira na Igreja provinha de iguais indecências. Nos seguintes dias se remoeu: precisava falar com Ludmilo, lhe pedir a fraqueza da franqueza.

Mas o Padre evitava encontrar-se com ele. Uma tarde, o sacristão procedia a suas orações quando o mesmo bandido deu entrada na sacristia. Vinha só, malcheiroso. O miúdo estremeceu em impotente ódio. O Padre se encaminhou para o visitante, cumprimentaram-se. O bandido entregou um saco:

— *Estão aqui as coisas. Está ver? Não esqueci!*

O Padre agradeceu e mastigou alguma conversa. O

sacristão nada pôde escutar. Certamente, o Padre extravagava, nessa inacreditável cumplicidade com as forças do Mal. O assassino, então, se decidiu retirar. Queria aproveitar o caminho estar deserto, nem vivalma com ele se cruzara. O Padre lhe aconselhou que, antes, prestasse homenagem defronte ao altar. O outro acedeu, a catana roçando o chão em metálicas estridências. Ludmilo se encaminhou para as pesadas portadas e abriu-as de rompante.

Foi um estremecer do mundo. Vozes e alaridos deflagraram, em fração de nada. Lá fora uma multidão se apinhava reclamando justiça contra o maufeitor. O sacristão se benzeu, desfalecido em medo. O bandido se rebuliu, em terrores. Correu para o Padre, lhe implorou proteção. Nas mãos do povo sua vida se extinguiria em sopro de vela. O Padre pousou as mãos sobre os ombros do desordeiro:

— *Vem comigo, não receies. Eu não deixo que te façam mal!*

E assomando à porta, trazendo o maufeitor pelo braço, o sacerdote levantou um gesto para calar as fúrias. Vazou-se um silêncio. As palavras de Ludmilo se anunciavam a esmorecer os arrebatamentos:

— *Irmãos, lembrai-vos dos ensinamentos de Cristo, nosso redentor!*

E sempre avançando para o interior da concha humana, continuou relembrando a lição de Jesus, seu exemplo de nobre justiça. De súbito, com um empurrão lançou o criminoso para o meio da multidão enquanto clamava, em sumária sentença:

— *Queimai-o!*
A enfurecida gente arremessou contra o condenado, batendo, pontapinhando, espirrando e cuspindo. O Padre entrou na igreja fechando a porta atrás de si.

Miudádivas, pensatempos

(*Para Manoel de Barros,*
meu ensinador de ignorâncias)

Estou sem texto, enriquecido de nada. Aqui, na margem de uma floresta em Niassa, me desbicho sem vontades para humanidades. Entendo só de raízes, vésperas de flor. Me comungo de térmites, socorrido pela construção do chão. No último suspiro do poente é que podem existir todos sóis. Essa é minha hora: me ilimito a morcego. Já não me pesam cidades, o telhado deixa de estar suspenso ao inverso em minhas asas. Me lanço nessa enseada de luz, vermelhos desocupados pelo dia.

Nesse entardecer de tudo vou empobrecendo de palavras. Não tenho afilhamento com o papel, estou pronto para ascender a humidade, simples desenho de ausência. Na tenda onde me resguardo me chegam, soltas e díspares, desvisões, pensatempos, proesias. Assim, em miudádivas ao poeta:

A primavera cabe dentro do grilo.
Cigarras se alfabetizam de silêncios.
No liso da parede,
a osga se prepara para transparências,
adquire a forma do nada.
Enquanto o ramo vai transitando para camaleão.
Na mafurreira,
sobem ninhos de arribação, ovos do arco-íris.
A aranha confunde madrugada com sótão,
artefactando materiais de orvalho.
Ela se mantimenta de esperas.
Minha tenda se engrandece a teia.

Uma mosca se inadverte na armadilha.
Igual o amor
que me rouba mecanismos de viver.

Formigas transportam infinitamente a terra.
Estarão mudando eternamente de planeta?
Estarão engolindo o mundo?

Insetos sonham ser olhados pelo sol.
Mas só a chama da vela os vela.
Já o ovo é iluminado por dentro,
tocado pela luz do infinito.
O ovo repete o total início,
redundante gravidez do mundo.

Por isso, este surpreendido ovo
não tem competência para meu jantar.

Pena o estômago não entender poesias.
Nada se parece tanto: poente e amanhecer.
Defeitos na tela do firmamento?
Instantâneas aves,
pedras que se despoentam.
A noite acende o escuro.
Tudo semelha tudo.
Só a coruja atrapalha a eternidade.

Está chovendo horas,
a água está a ganhar-me semelhanças.
Escuto ventos, derrames de céu.
Parecem-me luas e são lábios.
Lembranças de minha amada.
A tua boca me ilude, sou culpado de teu corpo.
Saudade: sou mais tu que tu.

Escuto, depois, a enchente.
Longe, a água desobedece a paisagens.
O rio toma banho de troncos,
raízes da água se soltam.
Sigo de catarata, luz encharcada.
E peço desculpa à margem:
desconhecia as unhas de minha transbordância.
Meu sonho está cego para razões.
Sei só escrever palavras que não há.

Depois, o sono me encaracola:
estou a ser pensado por pedras,
me habilito a chão, o desfuturo.

O chão, o colchão e a colchoa

Xavier Zandamela foi lá, nas minas, se ausentou. Onde ficou, subterráqueo, vencimentou-se bem. Voltou diferente, sem respeitoso. Cuspindo na sombra dos outros, armando. Ele foi chamado na atenção: dando nas vistas de um cego? Se ficara rico deveria dividir. Manda a tradição: quem engorda sozinho morre de vastas magrezas. Ao que respondeu Xavier:

— *Eu não sou um qualquer, tradicional. Mesmo já vou dormir em colchão.*

E explicou: ainda ele se esteirava na húmida humildade do chão. Mas era por um enquanto. Pois o seu colchão estava no caminho de vir, quase chegando.

— *Contra factos só há argumentos.*

E, de facto. Aconteceu nessa semana quando o comboio transfumou-se na estação, despulmonado. Saíram os magaíças, saiu a mercadoria. E entre as descarregações desceu o mencionado colchão. O povo estava ali para testemunhar. Xavier, inchado, dava ordens de cuidados. Que atentassem também no armário.

— *Me tratem bem esse arrumário.*

Ele não punha mão no carrego. Suores manuais não eram da sua estatura. Acontece que entre a multidão figurava Maria Amendoinha que logo, em imediato coração, desembarcou nos olhos do Xavier. A moça escutava, embevencida, o ex-mineiro a papagaiar pela estação dos caminhos-de-ferro. Que eu e eu, que isto multiplicado por aquilo, noves fora eu.

A mercadoria subiu num tchova e o povo seguiu o carrego em procissão. Maria Amendoinha seguia na cauda, absorta, coração em pensamento. O cortejo chegou a casa de Zandamela, a carga foi nivelada no rés-da-terra e transpostada para os interiores. Do lado de lá, os curiosos se fatigaram e dispersaram. Ficou apenas a jovem, sonhatriz, em suspiros mais leves que osso de morcego.

Nem ela notou a chegada da noite. Xavier saía e entrava a sacudir o cachimbo no pátio. Numa dessas saídas deu pela presença dela. Primeiro não decifrou sombras, desfolhou cautelas. Depois, ele aproximou intimidade, abelhoso. Duas cadeiras se arrastaram para assentar o tempo. O mineiro alargou as falas, endomingando conversa.

— *Você nem sabe imaginar as terras onde trabalhei! Lá não há pobre diabo. Sim, lá até o diabo é rico!*

Conversa puxa silêncio e a menina se fantasiava, natalícia. Nunca ninguém lhe lustrara tantos tentos e atentos. Amendoinha, despossuída, parecia a Eva sem maçã.

Xavier adiantou convicto convite: ela que entrasse a experimentar o colchão. Passos ébrios, ela foi entrando. E sucedeu-se: o colchão cumpriu seu destino. Estreou-se o objeto e a menina. Ficou um sanguezinho, vermelho minúsculo a manchar a esponja do colchão.

No dia seguinte, começou vozearia na aldeia: a nuvem é maior que o sol? A Xavier Zandamela lhe pesava o céu de tanto ser mencionado. Eram as falas:

— *O sapo incha por não dividir. Agora ele quer dormir sozinho em tanto colchão?*

— *Esse é que o calcanhar: o gajo não deitou sozinho!*

— *Acolchoou-se com alguém?*

Era urgente fechar o pio, para abrir o corrupio: Xavier tratou-se de casar com Amendoinha. E os dois conjugaram-se, em dia-a-noite. Porém, aquela felicidade se contou pelos dias. O mineiro revelou seus fundos violentos. Volta e volta ele batia na recente esposa. Xavier quis lavar a boca e sujou o sabão. Porque aconteceu então o imediato seguinte: altas horas a mulher acordava, escutando barulhos vivos dentro do colchão. Depois já não eram apenas sons, mas coisa apalpável. Amendoinha começou a colocar hipótese de maldição.

— *Marido: há bicho andante aqui dentro!*

— Isso nem se menciona — advertia Xavier. — *Somos alguns irracionáveis, igual a essa povaria do subúrbio?*

Amendoinha não se resignava. Se não era igual ao povo seria idêntica a quem? O marido aumentava-se, mas aquilo era corpo de imbondeiro. Ela já vira o engano: molhado, o leopardo não é mais que um gato-bravo. Bem diz o provérbio: a lua morre e é grande enquanto as estrelas, ainda que pequenitas, ficam a brilhar.

— *Pois, a partir de agora, você troca colchão por esteira.*

— *Mas esses barulhos, Xavier...*

— *Mas quais barulhos, santo e deus! Se eu não escuto nada!?*

— *Se não vêm do colchão é porque, pior, estão a vir da minha cabeça.*

Isso, sim. Xavier admitia, rindo. Mas aquelas gargalhadas eram alegria sem carne: se via através delas o nervo do medo. Os barulhos prosseguiam, quotinoturnos. Mesmo deitada na esteira, Amendoinha passava noites em claridade.

Ao longo de tanta insónia, ficou zonza-sonsa, coxeando da razão. E já não prestava respeitos ao seu legítimo. Xavier, despeitado, lhe incrementou nos arraiais. Batia com mais e mais violência. *Nem é por maldade: arreio-lhe para ela ficar cansadinha e dormir melhor*, dizia o mineiro. Fechava o punho e, enquanto amassava o corpo da mulher, comentava:

— *Amendoinha, é você; eu sou o pilão.*

A família de Maria Amendoinha veio-lhe buscar-lhe, ela já não acertava o pé no passo. O pai de Amendoinha passou o olhar fatalício pelo quarto dos separados de fresco, ditando:

— *Aqui cheira a coisa parindo.*

E tinha razão. Pois, no ventre do colchão, daquela

manchazita de sangue, estava nascendo aparente criatura, o desabrochar de maldição.

Xavier Zandamela quando se deita, sozinho e triste como gato que perdeu a rua, nem nota o adventício ser. Apenas sente que as formas do colchão se lhe amoldam: há duas concavidades, uma ao lado da outra. Seria que o colchão sentiria saudade da ausente esposa?

Até que uma noite, sonhava ele através de amores muito sexuais, quando na carícia do lençol reconhece o volume de seios, polpudas proeminências debaixo do seu corpo. Quem estava ali, afinal? Nem ousou acender as luzes, fosse a aparecência se extinguir. Aceitava aquela conversão de bom agrado.

A partir de então, o colchão se convertia em mulher, na mulher em que sonhava. Cada noite Xavier procedia a mais avanços, com tato e beijo. A mulher — será que lhe poderia chamar assim? —, a mulher vinha da sobrenatureza e lhe dava um pedacito mais de acesso. Mas sem chegar a vias do facto. Ao despertar, Xavier se satisfazia. E sorriam recíprocos, ele e a manhã. Afinal, por que real motivo se necessita mulher no lado de cá da verdade?

Até que uma noite ele se preparou, perfumes e pijama lavado. Aquela noite, sim. Aquela noite, ele visitaria o íntimo daquela promessa. E assim aconteceu. Beijo e escuro, suspiro e silêncio. No êxtase, Xavier se viu dizendo inesperadas palavras:

— *Amendoinha!*

De repente, o colchão se revolteou, envolvendo o mineiro. Carnes e esponjas, braços e panos se entrerodilharam. O corpo do homem foi perdendo formato, em dissolvição. Quando dele não restavam senão avulsos botões de pijama se escutaram passos entrando pelo quarto. E Xavier Zandamela ainda sentiu apressadas mãos enrolando o colchão e o carregando pela noite afora.

A palmeira de Nguézi

No lugar de Nguézi há uma palmeira sagrada, dizem que nascida antes do mundo. Do colmo pende um único fruto, de aparência estranha e que nunca pode ser olhado. Porque, segundo a lenda, os olhos que ali apontem se enchem de estrelas mais que as que poeiram a própria noite.

A razão dessa palmeira, vertida sobre as águas do rio, se transcreve aqui. Nem tudo se explica, para que se compreenda melhor. Para ver a gente necessita transparência, mas se tudo fosse transparente todos seríamos cegos. Ficará a saber-se: em tempos de apocalipse o histórico se converte em religioso. E vice-versa. A crença da palmeira sagrada nasceu de um facto tropeçando num acontecimento.

Estava o mundo numa tarde, dessas de lamber o tempo. Na varanda se dispunha Tonico Canhoto. Quem o visse parecia ele estava na simples disposição de estar, sereno e demorado em existir. Para o Canhoto era sempre o mesmo: o tempo, nestes dias, está muito depressa. Convém a gente se resguardar.

Mas, por dentro, o nosso varandeante se abatia a abismos. Talvez era a monotonia do campo, esse morre-morre de esperar e ficar à espera. Talvez era esse o motivo de seu esmorecimento.

— *Pai, há-de haver acontecimento, o senhor vai ver.*

— *Vocês não entendem, filhos. Eu não careço de acontecimentos, não. Eu pretendo é uma revelação.*

Uma revelação? A outra filha se aproximou e tentou um consolo. E lhe perguntou: já ele olhara quanta árvore, quanta extensão pelos aís foras?

— *Se não vejo? Vejo o mato todo, em volta. Está tudo morto, tudo seco.*

— *Engano seu: o mato não está seco. Apenas vazou o verde, apenas engordou o amarelo.*

— *Conversa afiada.*

Os filhos desistiram. A Canhoto lhe custava simplesmente existir. Morrer é fácil, difícil é existir-se morto, simplesmente havido, quieto e inestudável. E mais, aliás, menos nada. Tonico ficara assim desde que sua mulher Razia desaparecera, ida sabe-se com quem, desconhece-se para onde. Fora há uns anos, mas a ferida era ainda maior que a cicatriz. Quando sucedeu, nesse tempo em que tudo era tudo, Canhoto anunciou aos numerosos filhos:

— *Vossa mãe, meus filhos. Vossa mãe, ela faleceu.*

Todos sabiam que era mentira. Ela tinha desistido de constar, tentada em mulherar-se em outros lugares. Deixado o marido em órfã viuvez, desconsolado.

Tinha-se passado tempo, os miúdos cresceram, se graúdaram e se graduaram em pais e mães. O que sobrava agora eram netos. Naquela tarde, fazia anos que a avó saíra. Falecera, como dizia o avô Canhoto. A família se juntava, como era costume.

A netaria espalhava algazarras e a alegria barulhava pela varanda. Mas, o velho Tonico Canhoto se debruçava triste sobre a paliçada. Em seu magro corpo já não cabia mais angústia. Os filhos tentaram distrair a tentação dessa tristeza. Em vão. O homem já havia se decidido que a sua vida era sem depois. Nada enfeitava a sua esperança. Todos calaram quando ele anunciou:

— *Vou daqui ao rio.*

Todos lhe adivinharam o intento: ele se iria deixar tombar, encher-se de líquido até se ensopar como se o dele corpo fosse roupa, ido na corrente, nem corpo nem alma.

Ainda o tentaram desvanecer. Mas o velho tinha dado de testa naquela decisão.

E assim se ergueu, perante a numerosa família, todos assistindo o ancião se afastar, converso em bruma. Chegado à margem, levantou os braços e assim, imóvel como pau de vela, as roupas lhe começaram a cair, desabadas por forças nenhumas, só por via de seu magro peso. A sua gente o viu nu, completamente. Constaram, no momento, que seu corpo se mantinha de músculo e lustro, a idade se concentrara apenas em sua cabeça. Ficou um tempo nessa espécie de despedida, Cristo sem crucifixo. Ou simples esquecido talvez do passo próximo?

Nesse entretempo, o lugar se apoclipsou. A terra, em desfecho de estrondos, se estremeceu. Em basaltos e baixos, esguichos de água fervente e fogos de martifício, estrelas rebentavam como borbulhas na superfície do rio. A casa, junto com seu teto, insubstanciou-se e ruiu, chão no chão. Os familiares todos se sepultaram, sem espirro nem respiro, apagados, apaguados.

Sobrou quem? O velho Canhoto, próprio. Ele vira a terra se rachar por baixo dos pés, as duas metadas se abrirem como lábios. Nessa greta ele se afundou, pronto a ser engolido, trevoso e súbito. Mas no momento em que seu corpo perdia o pé, a terra se volveu a fechar, ajustada ao corpo. Ficou-lhe só a cabeça de fora. Tudo o resto estava encravado em pedra, rocha, raiz, sobra do mundo. Mexer um dedo, dedículo que fosse, lhe era impossível. O velho rodou a cabeça para avistar em volta. Nada, nem rio nem árvore, nem gente. Só chão, poeira, remoinhos de folhas mortas.

— *Deus me proíbe?*

Chorou. Sem tristeza, só para arrefecer o rosto, deixar a carícia da água lhe premiar a boca. O sol nasceu, esmoreceu, se ocasionou. E dia. E noite. E fome. E sede. Já nem lágrima lhe sobrava. O velho Canhoto que sempre fora acusado de não ter essa parte de si vivia agora exclusivamente de sua cabeça. O resto, já nem lhe restava. Todo ele aprendera a ciência de ser raiz, o orgânico sem organismo. De noite, um cacimbito. De dia, as grainhas de uma ventania. Assim ele se mantinha, feito único recetáculo onda a vida ainda se entesourava.

Foi quando, no fundo do sem-fim, uma andorinha riscou o céu. Feita de conta um desenho torto, um rabisco tonto de um menino, no brevíssimo instante do arrependimento e da borracha. A avezinha, transmeteórica, como uma foice negra ceifou os ares. Voava mais rápido que vivia? Estranhamente, a andorinha pousou na cabeça do velho. Fincou as patas, unhando-lhe a testa, sujando-lhe o cabelo.

O passarito piou, rodopiou e, por fim, meteu o bico nos lábios secos do velho. Lhe dava, se imagine, um naco de água, qualquerzita migalha. O bico beijou o lábio, o lábio bicou o pássaro: dúzias de vezes, repetidas. O velho perguntou, lábios rasos de silêncio:

— *É você, Razia?*

A ave toda a noite debicou o pescoço de Canhoto. Dizem que, desse mesmo pescoço, ascendeu a matéria do colmo, dos cabelos brotou a folhagem, dos olhos nasceu a florescência. Tudo em jeito de árvore, palmeira e sagrada.

Cataratas do céu

*(Quando não se pode tomar decisões
só se tomam decisões erradas)*

Autor ilegível

Levaram o menino a ver o aeroporto. Vestiram-no de domingo, engomaram sua alma, lustraram seu pé. De mão dada, ele entrou no chapa. O tio desconferiu uma riqueza de notas. Tudo em sorrisos, como se tudo aquilo fosse cumprir de promessa.

O menino era desses que a guerra deslocou não só de endereço mas de vida. Vinha de lá, onde a terra desfaz fronteira com outras terras. Nesse seu lugarinho tudo era sossegoso, até o tempo ali ganhava vastas preguiças.

Agora, em casa dos tios, o menino só encontrava espantos no rumor da cidade. Certa vez, o rapaz entrou em casa, afogueado: um avião atravessara as nuvens, em cima. O tio lhe perguntou: *mas nunca viu, nem cheirou barulho no ar?* Nada. O céu de lá era muito desqualificado, nele nunca riscara nenhum avião.

Com o tempo, a família começou a se preocupar com a cabisbaixeza da criança, sempre de olhos minhocando o chão. No início, ele nem queria sair de casa. O tio se maçava, o coração lhe subia à cabeça.

— *Um dia esse miúdo vai-se chocar com a vida!*

Deixa-lhe, marido: era conselho da velha tia. Ela entendia de feridas e sofrências. Quando o pão é magro quem escasseia é o homem. Sabe-se o que aquele menino passara, lá de onde vinha? O marido que se dispensasse. Aquilo era assunto de ternura e mãe.

O tio reagia: *como deixo? Será que esse menino não tem jeito nem para viver? Sempre e sempre de olhos no chão?! Esse mufana foi é mal-olhado. Até me arrepia: parece o olho dele tem medo da pálpebra.*

Uma noite, o tio estremunhou-se. Acordou a mulher e lhe revelou suas sonâmbulas reflexões: *eu sei o que sucede com ele, esse nosso sobrinhito não é um deslocado de guerra. A guerra é que deslocou-se para dentro dele. E agora, como tirar a guerra de lá dos interiores, como desalojar a malvada lá das províncias da sua alma? Não há comissão governamental, nem missão das Nações Unidas. Não há departamento para esse caso.* A mulher cortou:

— *Por que não me deixa titiar esse menino sozinha?*

O homem nem respondeu. Levantou-se e foi ao quarto do sobrinho. E lhe falou assim:

— *Amanhãzinha vais ver aviões adiante do céu, barulharem até te encheres de ouvidos.*

Meio oculto no lençol, o miúdo antecipava temores. O tio nem dava as confianças: *veja sobrinho, até já entrei num desses bichos.*

— *Entrou?*
— *E como entrei! Tua tia até chorou. Se tive medo? Nem medo, nem receio. Eles é que tiveram medo de mim. Por isso me amarraram logo na cadeira.*

Retornado ao seu quarto, o tio inchou uma esperteza vaidosa no peito: *o que ele precisa é o céu se abrir para ele. Compreende, mulher? A terra está cheia de ferida, não traz consolo nem ombro para ninguém. O céu é que, agora, tem que se abrir para ele.* A esposa sacudiu a cabeça, receosa.

Agora, desembarcando em pleno aeroporto, o menino lantejolhava em redor. Tudo era sonho. Seus olhos se abasteciam de súbitas e infinitas visões. Não falou, não sorriu. O tio, à distância, comentava: *o miúdo está em estado, coitadito.*

Chegada a hora do deitar, ele permaneceu sentado, mais rígido que a tábua da cama. A tia lhe reservou um carinho:

— *Que tu tens, meu filho?*

E ele, então, falou. Disse muito oficialmente:

— *Quero ser um avião!*

Manhã seguinte, todos se riam. A tia lembrava a solenidade da declaração. Não queria ser piloto, técnico espacial, mecânico especial, ou mesmo simples passageiro. Nada. Avião, era o que ele queria ser. O tio acrescentou piada:

— *Quer ser Boeing ou DC 10?*

O miúdo não entendeu a graça. No fundo, ele já se tinha todo ele decidido. E nunca mais da sua boca se escutou sílaba que fosse. Se insulou no quarto, sentado, imovente. Os braços cumpriam ordem de serem asas, o corpo duro, quase metálico. Deixou de comer, deixou de beber. A custo a tia lhe insistia, apontando um copo:

— *Vá, meu filho, isso aqui é combustível!*

Mil vezes o tio lhe falou, em várias tentações e tentativas:

— *Não prefere ser um pássaro, vivinho de alegrias?*

Tudo irresultava. Resolveram conduzi-lo de novo ao aeroporto. Todo o caminho, o miúdo seguiu de braços abertos, fixo que nem aço. Chegado ao aeroporto o menino olhou extasiado seus companheiros de espécie, as aeronaves. E desatou correndo, roncando seus fantasiosos motores. Olhando a criança correndo de encontro ao sol, o tio até se lagrimava, comovido:

— *Veja, veja como ele brinca!*

E assim ganhando mais e mais velocidade, braços cruzando o sonho, o menino se confundia, a contraluz, com o fogo inteiro do poente. Seria, no instante, que o céu se abria para aquela criaturita?

Pupila esgrimando o sol, o tio deixou de ver o miúdo. Apenas uma mancha, sombra súbita cruzando os ares. Ainda acreditou ser um pássaro que lançava seu voo da varanda para o distante chão. Nesse momento ele aprendia que o céu está padecendo de cataratas, repentinas névoas que impedem Deus de nos espreitar.

Ossos

Começou por se sentir magro. Os ossos lhe roçavam a pele. Sem que ele desse sentido o esqueleto lhe crescia por dentro. Crescia sem o que o restante corpo acompanhasse. Os ossos inchavam, como casca sobre casca. No princípio, as ósseas increscências lhe faziam cócegas. E ele ria, ria, ria. Para espanto dos outros que não encontravam a aparência de um motivo. Depois, a coisa lhe trouxe incomodação. Seria o quê, ele se perguntava. Róimatismo? A ossadura provocava comichão, o crescimento das apófises lhe raspava a carne. O raspar cedo se tornou em rasgar.

As pessoas lhe viam o despontar dos ossos, cotovelos se acotovelando por todo corpo. E lhe estranhavam tanta magreza. Ele que sempre fora estrelante seguia, agora, de rota abatida. Espaventado, escaleno e anguloso.

— *Você não estará com a doença?*

Mas o mistério era o seguinte: quanto mais magro

mais ele pesava. A balança ponteirava sem piedade: o peso flechava cada vez mais.

— *Já me pesa a caveira.*

Lhe cresceu tanto o esqueleto que os ossos lhe começaram a recobrir a carne. Ele perdia as cores, placas brancas e duras lhe revestiam por inteiro. Em pouco tempo, se entartarugou. Seu aspecto era tanto que as pessoas fugiam. Passou a andar devagar e arrastoso. Mãos e pés no chão. Ele que sempre fora bom, generoso como fonte, perdia agora companhias. Os amigos lhe fugiam como diabo em diante da cruz.

Até que Marlisa, uma dada a tonta, a ele se chegou e disse:

— *Sou muito chamada de atrasadinha.*

Sem custo, ela se aceitava lentinha da ideia, arrastada na fala. Mas não se zangava com isso. Quem sabe ela também era atrasada sentimental? Quem sabe a raiva disso que lhe chamavam ainda estava por vir? Marlisa encolhia os ombros, sacudindo o peso das perguntas. Se ajoelhou junto ao caveiroso e pediu:

— *Posso acompanhá-lo de viver?*

Ele não respondeu mais que um riso triste. Lhe escapou uma lágrima. Desceu cansada pelo rosto, gota em pedra, orvalho em muro branco. A mulher lhe acariciou sua pele mineral. E ele se arrepiou por dentro. Ela sorriu, confirmado que estava seu poder de estremecer o dentro de carapaça. E ela insistiu, bailarinhando os dedos sobre a cascadura dele. Se aplicava em lhe renascer doçuras.

— *Não vale a pena, Marlisa.*

— *Ternura mole em corpo duro tanto dá até que...*
O resto do provérbio ela trocou de esquecer. Com a ponta de um canivete ela inscrevia o seu nome na carapaça do namorado enquanto ia soletrando:
— *"M-a-r-l-i..."*
Até que, certa vez, ela o levou a passear num parque. Sentaram num banco e ficaram a olhar, ela para o céu, ele para o chão. Passado muito silêncio ele suspirou:
— *Agora estou muito propenso a morrer.*
Marlisa não entendia nem tentava. Ele, então, ordenou:
— *Me deixe aqui.*
— *Aqui, como?*
— *Vá para casa e me deixe aqui.*
— *Aqui, sozinho? Ainda alguém lhe vai pisar!*
— *Agora estou todo eu dentro de mim: como me podem magoar?*
Ela regressou sozinha, saltitando e entoando ladainhas. No dia seguinte, de manhã cedo, ela voltou ao parque e atirou umas migalhas pelos canteiros. Sentou-se no banco e ficou olhando o céu até sentir que por debaixo dos pés a terra parecia se mover. Deitou-se no chão, se embrulhando no curto vestido. Falava, dizem que sozinha. Recolheram a moça, já ela adormecida em plena terra.
Todas as manhãs, ainda hoje se vê Marlisa tonteando pelo parque enquanto empasta a língua numa musiquinha. Depois, se senta olhando o chão. E com demais carinhos e demasiadas ternuras vai afagando a pedra que subjaz nos seus joelhos. As pontas dos dedos, len-

tas, vão percorrendo reentrâncias no dorso dessa pedra. E soletra:
— *"M-a-r..."*

O coração do menino
e o menino do coração

O miúdo nasceu com as acertadas aparências. Só em altura de ensaiar primeiras marchas lhe notaram o defeito, o enviesamento nos pezinhos, cada um não sendo como cada qual. Sobre as pegadas estrábicas a avó vaticinou:

— *Este menino vai caminhar para dentro dele mesmo.*

Depois outra malconveniência se somou: o rapaz engrumava as falas, tatebitudo. Os outros não entendiam mais que cuspes e assobios, até os parentes o escutavam com riso parvo de quem finge concordância. Não há medo maior que não se entender humana a voz de outra humana pessoa.

A mãe conduziu a criança ao hospital. O doutor lhe mergulhou o ouvido no peito e se ensurdeceu de tanto coração. O menino tinha o pulsar à flor da pele. O médico parecia entusiasmado com o inédito do caso.

— *Necessitamos que ele fique, para mais exames...*

— Nem pensar. Esse menino entrou comigo, há-de sair comigo.
— Mas a senhora nem faz ideia... temos que encontrar um nome para a doença dele.
— Como um nome?
— Essa doença: eu tenho que lhe encontrar um nome!
— Mas esse nome, será que esse nome vai curar a doença dele?

O médico sorriu. Ai, essa gentinha simples, tão exímia em ser pensada pelos outros. E assim, sorriso descaindo no lábio, ficou olhando mãe e filho se afastarem no corredor. O menino levava em sua mão, descaída como pétala, uma carta que ele mesmo redigira. Queria ter dado ao doutor esse papelinho que sua inabilidade enchera de letrinha. Com desatenta ternura, a mãe lhe tirou o papel dos dedos e o lançou no latão. A mania desse mirabolhante! Deveria ser outra dessas tantíssimas cartas que o tontinho fingia escrever para sua apaixonada priminha.

— Você ainda se carteia com Marlisa?

O menino negou com veemência. A mãe sacudiu a cabeça. Enfim, quanto ela se esforçara em vão. Valera a pena insistir ensinamentos em quem nunca aprendera? Também Marlisa, a visada sobrinha, jamais cedera a abrir tais cartas. Nem valia a pena espreitar a caligrafia do atarantonto. Uns andam na lua. No caso, a lua é que andava nele.

Certa vez, o rabiscador daqueles engatafunhos desabou no fundo do tempo. O menino faleceu, em azulidão de pele, todo frio como se nenhuma luz dele tivesse vontade. Os médicos acorreram para levar o corpo e lhe administrarem a extrema-autópsia. Lhe arrancaram o coração, o universátil músculo, enormíssimo como um planeta carnudo. O órgão ficou em vitrina, exposto às ciências e aos noticiários. Os cardiologistas disputavam, em sucessivos colóquios, um apropriado nome para batizar a anormalidade.

Passaram-se os dias, anónimos. Era um fim de tarde, a prima Marlisa, ao arrumar as poeiras de casa, deparou com o monte das inúteis cartas. Sopesou-as antes de as lançar em fogo. Hesitou por um segundinho: o moço sabia abecedar uma simples linha? Pelo sim pelo talvez, ela se aventurou a espreitar o primeiro envelope. E ali se sentou em espanto, ruga na fronte, m0ãos enrolando um demorado cabelo. Ficou horas, no assentado degrau. Aquilo não eram cartas mas versos de lindeza que nem cabiam no presente mundo. Marlisa inundou a tristeza, tingiram-se as letras. Quanto mais a prima primava em seguir leitura mais rimava com nenhuma outra mulher, toda ela fora do contexto de existir. A moça se apaixonava postumamente?

Mas ali, arremessada na escada, nem Marlisa imaginava o que, no simultâneo tempo, se passava com o coração do primo que Deus e a ciência guardavam. Pois que, na vitrina gelada do Hospital, mal se rasgou o primeiro envelope, o coração do primo deflagrou em sobressalto. Um *oh* se estilhaçou nos visitantes. E à medida que Marlisa, mais longe que mil paredes, ia desfolhando versos, o coração mais se desembrulhava, tremelusco-fuscando. Até que, daquele novelo vermelho, se viu desprender um braço, mais adiante um pé e a redondez de um joelho e mais argumentos que faziam valer o facto: aquele coração estava em flagrante serviço de parto! E se confirmava, vinda das entranhas do útero cardíaco, uma total recém-criança.

    E quando, finalmente, o parto se desfechou se viu que o menino nascera igual ao seu progenitor de peito. Fazia medo como um quimicava o outro a papel chapado. Em tudo se semelhavam menos no desenho do pé. Os pés do nascido eram divergentes, como quem viesse para procurar, fora de si, gente de outras estórias.

Glossário

Chapa: transporte semicoletivo.

Machimbombo: autocarro.
Mafurreira: árvore da mafurra.
Magaíça: mineiro.
Maticar: cobrir uma parede de argila.
Matope: lama, lodo.
Mecha: trança feita de cabelo artificial.
Monho: monhé; designação com que popularmente os indianos são conhecidos.
Mufana: moço.

Pahama: árvore da família das figueiras-bravas.

Sari: pano usado pelas mulheres indianas.
Satanhoco: malandro.
Suruma: marijuana.

Tchova: carrinha de tração humana.
Tchovar: empurrar.
Tontonto: bebida alcoólica de fabrico caseiro.
Tuga: português.

Xicuembo: espírito, feitiço.

1ª EDIÇÃO [2014] 3 reimpressões

ESTA OBRA FOI COMPOSTA PELA SPRESS EM GARAMOND E IMPRESSA EM OFSETE
PELA GRÁFICA BARTIRA SOBRE PAPEL PÓLEN SOFT DA SUZANO PAPEL E CELULOSE
PARA A EDITORA SCHWARCZ EM NOVEMBRO DE 2017

A marca FSC® é a garantia de que a madeira utilizada na fabricação do papel deste livro provém de florestas que foram gerenciadas de maneira ambientalmente correta, socialmente justa e economicamente viável, além de outras fontes de origem controlada.